# sonatina 小奏鳴曲

愁堂れな

幻冬舎ルチル文庫

CONTENTS ✦目次✦





✦カバーデザイン＝清水香苗(CoCo.Design)
✦ブックデザイン＝まるか工房

イラスト・水名瀬雅良✦

# sonatina 小奏鳴曲

# 1

「ん……っ」

桐生《きりゅう》の手が僕の裸の胸を這《は》い、既に勃《た》ち上がっていた乳首を擦《こす》り上げる。彼と関係を持つようになり随分経《た》つが、恥ずかしいことに最初の頃より今のほうが乳首を弄《いじ》られ感じるようになってきた。

「ん……っ……んふ……っ」

きゅっと抓《つね》り上げられると、堪《こら》えきれずに声が漏《も》れてしまう。女の子でもないのに胸で感じるなんて恥ずかしいと常々思っているのだけれど、ある意味、桐生との関係が深まったことの目に見える『証《あかし》』ともいえるために、嬉《うれ》しくも感じる。

桐生によって僕は、性感帯を開発された——官能小説かよと自分で自分に突っ込みを入れたくなるが、実際桐生は僕の身体《からだ》を『開発』している。

乳首を噛《か》まれると痛みよりも快感を覚え、背中が大きく仰《の》け反《ぞ》るようにしたのも彼だし——なんて思考はすぐに続けることができなくなった。桐生がキスを中断し、本当に乳首に歯を立ててきたからだ。

「あぁ……っ」

強い刺激に口から高い声が漏れ、腰が捩《よじ》れる。と、少し浮いたその隙間《すきま》から桐生が手を差し入れ、早くも挿入を待ちわび疼《うず》いていた後ろに指をぐっと挿入してきた。

「あっ……あぁ……っ」

乱暴なくらいの強さで中をかきまわされ、ますます高い声を漏らしてしまう。

後ろで感じるようになったのも桐生の『開発』の成果だ。誰にも触れられたことのないそこが、こうも大きな快楽を得られる場所になるなんて、桐生に出会わなければ僕は一生知ることがなかっただろう。

強姦からはじまった関係だったから、最初の頃には苦痛が勝《まさ》った。今やそんな過去があったなんて、誰より僕本人が事実と知っているのに——実体験なので当たり前だが——とても信じられない。

桐生の指が奥深いところを抉《えぐ》るたび、内壁が悦《よろこ》びに震え、彼の指を更に奥へといざなおうとする。

そんな風に僕の身体を変えたのも桐生だ——見上げた先では桐生がにっと目を細めて微笑《ほほえ》み、わかっている、というように頷《うなず》いてみせる。

後ろから指を引き抜き、僕の両脚を抱え上げる。僕が求めているものがもはや指ではないと察してくれたようだ。

「や……っ」

露《あら》わにされた後ろが、あからさまにひくつくのが恥ずかしい。だがその羞恥《しゅうち》も桐生が既に勃ちきっていた雄の先端をそこへと押し当ててきたときにはもう消え失《う》せていた。

ほしい――早く、と腰を突き出すと、桐生がくすりと笑う。

「意地悪……っ」

舞い戻ってきた羞恥に頬《ほお》を染めつつ桐生を睨《にら》むと、桐生は悪かった、というように笑い、ずぶ、と先端を挿入させてきた。

「あぁっ」

待ちわびていた太く逞《たくま》しい雄の感触に歓喜の声を上げつつ、更に腰を突き出して挿入を促《うなが》す。

またも、くすりと笑う桐生を、焦《じ》らさないでくれと再度睨むと、桐生はわかったと頷き、僕の脚を抱え直した。

そのまま彼がぐっと腰を進めてくる。

「桐生……っ」

奥底まで貫《つらぬ》かれた悦びに、思わず彼の名を呼んだそのとき――。

「…………夢…………か」

ピーピーというアラーム音が僕を幸せな眠りの世界から呼び起こした。

起き上がって時計を止め、時刻が七時であることを確認する。

「…………まったく……」

欲求不満か、と自己嫌悪に陥りつつ布団をめくり、ついでにパジャマのズボンの中を確認する。夢精をしていたら更に落ち込んでいるところだったが、どうやらその心配はないようで、やれやれ、と溜《た》め息《いき》をつくと僕は、出社の支度をするべく洗面所へと向かった。

歯磨きをしながら鏡を見る。相変わらず冴《さ》えない顔だと溜め息を漏らしながら口をすすぐ僕の頭に、今見た夢がふと蘇《よみがえ》った。

桐生は今頃、何をしているだろう。

ニューヨークと日本の時差は十四時間。夕方の五時くらいだときっと、仕事中に違いない。

会いたいな――いつしかぼんやりとしていた僕は、余りに情けない表情を浮かべる自身の顔を目の前の鏡の中に見出《みいだ》し、しっかりしろ、と拳《こぶし》で軽く鏡面を叩《たた》いた。

支度をすませ、部屋を出る。今日の朝食は会社近所のファストフードを買うことにした。

エレベーターで今日も、いかにもエグゼクティブといった雰囲気の若い男と乗り合わせ、また僕は桐生を思い出した。仕事ができる男の朝は早い。東京で共に暮らしていた頃、桐生も早朝から出勤していたのだ。

僕が今、住んでいるのは名古屋でも有名な高級マンションで、時折すれ違う住民たちもいかにもお金持ち、といったタイプの人が多い。

賃貸と分譲、両方あるそうだが、どちらの金額も目の玉が飛び出るほどに高く、本来だったら僕のような、なんの役職にもついていない若いサラリーマンが住める場所じゃない。

このマンションを手配してくれたのは桐生で、以前不動産業を営んでいた彼の父親の友人の顔利きで、信じられないほど安い家賃で住まわせてもらっているのだった。

名古屋で共に過ごす空間を自分の気に入ったものにしたいから、というのがその理由だったが、桐生こそが『若きエグゼクティブ』であるので、高級感溢《あふ》れるマンションも彼にとっては相応《ふさわ》しい部屋といえる。

桐生はもともとは僕の同僚だった。僕の勤め先は財閥系の総合商社で彼とは同期入社だったのだが、入社後三年で桐生は外資系企業にヘッドハンティングされ、今やその会社の役員となっている。

僕は学卒、桐生は院卒なので年齢は二十六歳の僕より二歳上だが、二十代にして米国内でもかなりの大企業といわれる会社の役員だなんて、凄《すご》い、の一言に尽きる。

そんな『凄い』彼と僕が恋人同士になって随分長い時間が流れていた。

僕はもともとゲイではなく、桐生と付き合い始めたきっかけも彼に強姦されたから——という、今思い出してもハードとしかいえないような事象からだった。

桐生は入社時から僕のことが好きだったそうで、その想いを口ではなく身体でぶつけてきたのだ。

不器用にもほどがある。最初に告白をされたときには僕はもう、怒りを通り越し唖然《あぜん》としてしまったのだったが、そんな彼を拒絶することなく結局付き合うようになったのは、無意識ながらも僕も彼に惹《ひ》かれるものを感じていたからだろう。

恋人同士になったあとにも様々な出来事が僕たちの上に降りかかってきた。災厄もあれば嬉しい出来事もある。災厄の最たるものは僕の名古屋転勤で、今や僕と桐生は週末になると東京と名古屋を順番に行き来するという日々を送っていた。

だが先週末、僕は桐生に会えなかった。というのも彼は今、長期にわたるアメリカ出張中だからだ。

予定では三週間というその出張に向かう彼を僕は空港まで見送ったのだが、そこに来合わせた彼の部下、滝来《たきらい》から気になることを聞かされた。桐生がこのままアメリカ勤務になるかもしれないというのだ。

その後すぐに僕は桐生にことの真偽を確かめた。桐生は『あり得ない』と笑っていたが、話を聞くだに彼が米国本社のＣＥＯにいかに気に入られているかが感じられ、桐生にそのつもりはなくともＣＥＯ側では本社勤務を考えているんじゃないかと思えて仕方がなかった。

そんなわけで、週末会えなかった寂しさと、今の東京名古屋の遠距離恋愛が、間もなく日本とアメリカまで距離を伸ばすことになるのかという不安から桐生恋しさが募り、どうやらあんな夢を見たようだ。

それにしてもリアルだった——桐生の雄が押し当てられた、その感触を思い出しそうになり、思わず赤面してしまいながら僕は、せっかく早く起きたのだからぼんやりしている暇はない、と地下鉄の駅へと向かう足を速めた。

きっとフロアでは一番に違いないと思ったにもかかわらず、既に小山内《おさない》部長が出社していた。

「おはよう。早いね」

彼もまた『エグゼクティブ』の一人だ。本人の資質に加え、実家が名古屋にある老舗《しにせ》の呉服店とのことで、彼の住居も僕と同じあの超高級マンションなのである。

「おはようございます。部長こそ早いですね」

僕が早く来たのは、実は来週の月曜日になんとか有休をとれないかと画策していたためだった。

今、ある事情からウチの課は人手不足に陥っており、一日とはいえ休むとはちょっと言いにくい雰囲気だ。

が、今週気合いを入れて頑張れば、月曜日、一日会社をあけても問題はなさそうだという目算が立ったので、それで僕は実現できるよう早朝から出社したのだ。

休んで何をするのかというと、一泊三日でニューヨークを――桐生のもとを訪れるつもりだった。

以前、やはりアメリカ出張中に桐生は、出張が長い、とすねた僕へのサプライズとして、休暇を利用し一泊三日で帰国してくれたことがあった。それを今度は僕がやろうと思ったのである。

サプライズにしようかとも考えていたが、桐生にも都合があるだろうからと、有休がとれたら――そしてエアチケットがとれたら、彼に週末の予定を聞くつもりだった。

桐生は驚くだろう。喜んでくれるだろうか。迷惑に思われるようだったら行くのをやめよう。そんなことを考えつつも僕は桐生が迷惑に思うわけがない、という根拠のない自信も抱《いだ》いていて、いつ切りだそうかとわくわくしていたのだった。

そのためにも、と早速仕事にとりかかろうとした僕は、小山内部長に、

「長瀬《ながせ》君、ちょっといいかな」

と呼ばれ、なんだろうと思いながら席を立ち部長のデスクへと向かった。

「はい」

「君が忙しいのは僕が誰より知っているだけに頼みにくいんだが」

「はい？」

端整な眉《まゆ》を顰《ひそ》め、いかにも『申し訳ない』という表情を作りつつ部長が話を切りだしたとき、嫌な予感がした。

こうした『予感』がはずれるパターンはまずない。悲しいことに今回もばっちり当たってしまった。

「海外からの来客のアテンドを君に手伝ってほしいと、隣の本部から要請が来ているんだ。今週の木曜日から来週の月曜日まで、身体をあけてはもらえないかな」

「……………ええと………………」

まだ有休の申請はしていないので、部長が僕の週末の計画を知っているわけはないのだが、まず頭に浮かんだのは、わざわざそこにぶつけてこなくても、という恨み言だった。

しかしそれを言葉にするのはサラリーマンとしてできない。とはいえ、なぜ隣の本部の仕事を僕が、という疑問くらいは口にしてもいいだろうと、部長に問いかけた。

「隣の本部からの要請って、どういうことですか？」

「それがちょっと、面倒くさい話でね」

部長が溜め息混じりにそう告げ、僕に部長席のサイドにある椅子《いす》を勧める。長い話になるのかと覚悟しながら座ると部長は話し始めたのだが、確かに面倒な内容だった。

「化学品本部の重要取引先である製薬会社が今度、米国の投資会社に買収されることになったんだ。その投資会社の役員が契約締結のために来日するので、そのアテンドを依頼された。が、社長が今回のM&Aには酷《ひど》くナーバスになっていてね。社長自身、英語が堪能《たんのう》ではないので、信頼できる人間に契約の際には立ち会ってほしいというんだ」

「……はあ……」

まさかその『信頼できる人間』というのが僕、という話ではないだろう。だとしたらなぜ僕なのか。それを尋ねようとしたのがわかったようで部長はますます申し訳なさそうな顔になり、問うより前に答えを説明してくれた。

「社長は僕の父と懇意にしていてね。今回窓口となるのが僕の勤務先だとわかると、隣の本部長経由で依頼してきたんだよ。僕の部下をアテンド要員に入れてほしいって」

「……『信頼できる』のは部長のお父さん、ということだったんですね」

納得はしたが、そういう話であれば化学品本部の人たちはあまり面白く感じていないのではと心配になる。まるで彼らを信頼していないと言っているようなものだからだ。

「オーナー会社ゆえのワンマン社長の言うことだから、いつものわがままとあまり化学品の部長も気にしてはいない。その点は安心してくれていいんだが、ただでさえ忙しいところにもってきて君に週末も潰《つぶ》させてしまうのは申し訳ないなとは思ってる。だがウチの部で英語が一番堪能なのは長瀬君だし、こう言っちゃなんだが、ぶっちゃけた話をした上で頼みやすいのも長瀬君なんだ」

「…………はあ…………」

確かに、部長とはいろいろと共有している『秘密』があるだけに、一番頼みやすいと言われると納得するしかない。

「都合が悪かったら断ってくれていいよ」

そうは言ってくれたが、部長自身がこうして早朝から出社せねばならないくらいに多忙であることをわかってもいたので、断るのは躊躇《ためら》われた。

「わかりました。やります」

人並みに喋《しゃべ》れるという程度ではあるが、『得意』ということになっている英語を生かせるチャンスでもあるし、M＆A契約の現場に立ち会えるというのもそうそうできない体験だ。

投資会社の役員と接する機会だってそうそうないだろうし、得難い経験を積むのも今後の仕事に役立つかもしれない。僕はそう、前向きにとらえることにした。

「ありがとう。助かったよ」

小山内部長はほっとしたように笑ったが、すぐ、

「申し訳ないね」

と謝ってきた。

「いえ」

謝られるようなことではない、と首を横に振り立ち上がろうとすると、

「申し訳ないついでに」

と部長が声をかけてきた。

「はい？」

「口頭でいいので、アテンドの内容を報告してほしい。面倒なお願いばかりで本当に悪いんだが」

「わかりました。電話かメールで報告します」

父親に頼まれているんだろうなと察し、頷いた僕に部長は尚《なお》も「悪いね」と詫《わ》び、

「詳細スケジュールが出たら知らせるから」

と告げ僕を自席へと戻した。

結局、週末のアメリカ行きは遂行できなくなったが、木曜日から月曜日までアテンドに拘束されるのなら、やはり気合いを入れて自分の仕事をこなす必要がある。

頑張らねば、と気持ちを引き締めパソコンに向かう僕の脳裏にはそのとき、アメリカで同じく——否、きっと僕以上に頑張っているであろう桐生の姿が浮かんでいた。

その日の夕方には、僕がアテンドを頼まれた米国の投資会社の役員のスケジュールとプロフィールが化学品本部の担当者からメールで届いた。

一応挨拶に行っておくか、と思いつつもプロフィールを開いてびっくりする。

「長瀬君、化学品の仕事、手伝うんだって？」

プロフィールをプリントアウトしていると、さすが耳が早いと言おうか、事務職の神谷《かみや》さんが僕に声をかけてきた。

「あ、はい。そうなんです」

「担当の山崎《やまざき》部長って私の同期なんだ。どんな子って聞かれたから、いい子だよって言っておいたよ」

「ありがとうございます……」

にこにこ笑いながら告げてきた彼女に礼を言ったそのとき、

「あ、山崎君……じゃない、山崎部長」

ちょうどそのタイミングで今、話題に出たばかりの山崎部長がやってきて、神谷さんが紹介の労を執ってくれた。

「こちら長瀬君。長瀬君、化学品の山崎部長」

「すみません、ご挨拶に伺おうと思っていたのですが……」

来てもらってしまうとは、と恐縮する僕に部長は、

「いやいや、こちらこそ休日返上してもらうのは申し訳ないと思ってるよ」

笑顔でそう告げると、視線を神谷さんへと戻した。

「本当だ。君が言うとおりイケメン君だね」

「でしょう？　その上、性格もいいんですよ」

同期ではあるが相手が部長だからだろう。神谷さんは敬語で接している。

「いや、そんなことは……」

イケメンでも性格がよくもありません、と否定する僕にかまわず神谷さんは、僕を売り込みにかかった。

「ＴＯＥＩＣの点もびっくりするくらい高いんですよー。それに気働きも完璧だし。あ、でもあげないですよ。長瀬君いないとウチの部、困るんで」

「神谷さんにそこまで絶賛されると逆に欲しくなるよ」

「………」

冗談に違いないのだが、なんともいたたまれない、と俯《うつむ》いた僕の耳に、

「そういや」

という山崎部長の声が響く。

「姫宮《ひめみや》課長、いつ頃復帰するの？　目処《めど》が立ってないって噂は本当なのかな？」

「それは私たちが聞きたいですよ」

ねえ、と神谷さんに同意を求められ、どきりとしつつも、

「はい」

と頷く。

「小山内部長も、いつまでも課長兼任じゃスケジュール的にもキツいだろう。早いところ復帰が決まるといいね」

山崎はそう言うと、僕に「それじゃ、よろしく」と笑顔を向け、フロアを立ち去っていった。

「使えないなー。部長なんだから何か情報持ってこいって感じよね」

いなくなった途端に、神谷さんが口を尖《とが》らせ山崎への不満を口にする。

「本部が違いますしね」

庇《かば》おうとしたわけではなく事実を告げただけだったのだが、

「だって心配じゃない。長瀬君だって心配でしょ?」

と怒られてしまった。

「心配です。そりゃ」

姫宮課長というのは、近頃長期休暇に入った僕たちの上司で、山崎部長が言ったとおり復帰の目処が立っていない。

課長がなぜ休むことになったのか、その理由は課員にも知らされていなかった。

本当の理由を知っているのは僕と小山内部長の二人だけだが、理由が理由なだけに口外はできない。

僕と部長だけが知っているその『理由』こそが、部長と僕の間で秘密を共有することになった、そのきっかけとなっていた。

姫宮課長の入院は病気によるものではない。自ら手首を切ったのだ。彼が命を絶とうとしたのは衝動的な行動で、今現在は自殺の意志はないと思う。

衝動的にせよ、なぜそんなことをしたかというと、その原因には僕と桐生の関係がかかわっていた。

姫宮と桐生は以前――桐生が新入社員の頃に付き合っていたのだそうだ。結果として桐生が姫宮を捨て、姫宮は桐生に未練を残したまま、業務上犯したミスの責任をとる形で名古屋に転勤となった。

姫宮は桐生を恨み、偶然、今、彼が僕と付き合っていることを知ったために、僕が名古屋勤務になるよう小山内部長経由で会社に働きかけ、桐生との仲を裂こうとした。それだけじゃなく彼は、匿名で僕が男の愛人をしていると名古屋支社の人間の間に噂をばらまき、僕を窮地に陥《おとしい》れようともしたのだった。

それがまず小山内部長に知れ、続いて桐生に知れることとなった。追いつめられた彼は自殺を図ったが、手首を切った直後に偶然僕が来合わせ、一命をとりとめた――という出来事が半月ほど前にあったのだ。

姫宮課長に嫌がらせをされたことに対する怒りはない。姫宮と桐生が過去付き合っていたことへのわだかまりも、その話を聞いたときには確かに感じたが、今はもうなかった。

姫宮は辞職するつもりだったが、それを小山内部長が引き留めているというのが現状であり、僕も課長には会社に戻ってほしいと心から願っている。

それは何も憐憫《れんびん》からではないし、また、優越感からでもなく、うまくいえないのだが、姫宮の陥った過《あやま》ちは、僕にも充分陥る可能性があるものだったと切実に思っていたためと、もう一つ——そんな姫宮を小山内部長が心から愛していると知ったためだった。

小山内にも、そして勿論《もちろん》姫宮にも、幸せが訪れることを祈ってやまない。不遜《ふそん》な言い方かもしれないが、二人には心から幸せになってほしいと願う。

なので僕は小山内に依頼されるまでもなく、僕への嫌がらせが姫宮の手によるものだということも、彼が自殺未遂を図ったことも、誰にも——桐生以外には、誰一人として話していない。

小山内も口を閉ざしており、課員たちは皆、課長が根を詰めすぎて身体を壊したと信じていた。

それにしては入院先の病院を伏せていたり、連絡が一切とれない等、不審な点が多いために、課員ばかりか社内外の人間の興味を引きつつある。

それで山崎部長も探りを入れてきたのだろうが、彼にも、そして課長を心配している神谷さんにも、永久に真実を明かすつもりはなかった。

「課長もいない上に、長瀬君までかり出されちゃ、ウチの課、回らないよー」

やれやれ、というように溜め息をつく彼女の横から、課長代理の木場《きば》や新人の愛田《あいだ》が二人して突っ込みを入れてきた。

「ちょっと待ってください、俺らの立場は」

「そうですよ。確かに今、長瀬さんに抜けられるとキツいけど、だからって『回らない』はないんじゃないですか」

「ごめんごめん、冗談じゃないー。ぴりぴりしちゃってやだなあ」

さすがに言い過ぎたと思ったのか、神谷さんが顔を顰《しか》めつつも、ぺこりと頭を下げる。

「実質、会社をあけるのは木、金と月曜日だけですから」

三日間、すみません、と僕も二人と、そして神谷さんに頭を下げた。

「ご迷惑をおかけしますが」

「長瀬さんが謝ることじゃないでしょうに」

「そうだよ。土日も潰れるんだろ？　お前こそ被害者じゃないか」

部長もなあ、よその本部にいい顔しなくても、と木場が同情的な視線を向け、愛田も「そうですよ」と口を尖らせる。

「僕にもできることがあったら言ってください」

親切にも愛田が言ってくれるのに、

「手伝うってお前、英語できないだろうに」

と木場が茶々を入れる。

「英語以外ならなんでもやりますよ」

「ばっか、外国人ＶＩＰのアテンドに『英語以外』の何があるっていうんだよ」

「えーと、ゴルフとか」

「ゴルフもお前、下手《へた》じゃないか」

「もう、なんで木場さん、僕のやる気を削《そ》ぐんですか」

「英語もゴルフも努力しろってことだよ」

「えー」

まさに正論、ということを言われ、悲惨な顔になった愛田を見て神谷さんも僕も、隣の課の人までもが笑う。

「俺も愛田もアテンドには役立てないが、お前本来の仕事は俺らでフォローするから。まかせとけ」

胸を張る木場は頼もしく、そして彼や愛田の気持ちがありがたかった。

名古屋に着任してからは色々あったものの『もちつもたれつ』とごく当たり前にお互いに

思える仲間がいるというのは、会社員としてとても幸せなことだと思う。

彼らの信頼にこたえるためにも頑張らねば。有休が潰れて桐生に会いに行けないなんて落ち込んでいる場合じゃない。

一人心の中で拳を固めつつも僕は、アテンドにつく木曜日までにきっちりと自分の仕事はこなしておこう、とデスクに向かったのだった。

## 2

アテンドのことは、桐生から電話があった際に伝えた。

「本当は週末、いきなりニューヨークに行って驚かせるつもりだったんだ」

『電話』といってもネット経由のアプリで、料金もかからなければ顔も見られる。僕が入社して五年足らずだが、五年前にはこんな便利なツールはなかった。

ＩＴの進歩は素晴らしいと感心するばかりだ——なんてことはともかく、結局はぽしゃった計画を話すと桐生からは、

『逆によかった』

と言われてしまった。

『この週末はロスに出張予定だった。サプライズで来られたら待ちぼうけを食らわすところだった』

「なんだ、そうだったんだ」

よかった、やっぱりサプライズにしなくて、と胸を撫《な》で下ろした僕を見て、スマートフォンの画面の中で桐生は、ふふ、と笑ったあとに嬉しすぎることを言い出した。

『俺もそのうち、時間を作って一度帰ろうと思っている』

「え？　出張、短縮できそうなの？」

弾んだ声を上げた僕の目に、桐生が苦笑する姿が映る。

『逆だ。予定より一週間ほど延びそうだから、一旦、充電に戻ろうかと思ってさ』

「出張、延びるんだ……」

どき、と鼓動が嫌な感じで高鳴る。そのとき僕の耳に滝来の言葉が蘇った。

『ボスはこのまま、米国勤務となるかもしれません』

あの言葉がまさに実現しつつあるのだったらどうしよう――桐生本人は『そんなわけがない』と言っていたが、桐生にそのつもりはなくてもCEOはこの機会に米国勤務へと桐生を取り込もうとしているんじゃないだろうか。

万一そうなろうとも、就労ビザ取得もあるから一旦は帰国するだろうけれど、本場米国での仕事に桐生がやり甲斐《がい》を見出し、留《とど》まりたいと思うようになるかもしれない。

そうなったら今の東京名古屋間の距離とは比べものにならないほどの遠距離恋愛になるわけか――いつしか僕は一人、ぼんやりとそんな思考に陥ってしまっていたようで、桐生に、

『おい？』

と呼びかけられ、はっと我に返った。

「あ、ごめん。大変だなと思って」

『どうせ、不要な心配でもしてたんだろ？』

僕のことなどすべてお見通し、と画面の中で桐生が笑う。

「してないよ」

『していたくせに』

なぜ隠すんだか、と桐生が彼にしては珍しく高い笑い声を上げたあと、レンズに少し顔を近づけ囁《ささや》くようにしてこう告げた。

『何度も言っているだろう？　アメリカ転勤の話なんて少しも出ちゃいないって』

「わかってるよ」

桐生が嘘を言っているとは僕も思ってない。それでも不安なのだという気持ちは桐生だってわかっているだろうに、意地悪く揶揄《やゆ》してくる。

『長瀬は俺の言葉より、滝来の言葉を信じるってことか』

「そんなわけないだろ」

『まあ、滝来は信頼できる部下だけどな』

「…………」

ここで僕がおもしろくなく思ってしまうのは、滝来が以前桐生のことを好きで、結構あからさまな挑発を彼から受けたことがあるためだった。

桐生も勿論そのことを知っている。その上彼は僕がむっとすることも勿論知っているので、こうして揶揄の材料に使うのだ。

本当に性格が悪い、と画面を睨むと、

『古いネタを引っ張るのはよくないな』

くすくす笑いながら桐生はそう告げ、

『それはともかく』

と話を変えた。

『来週中にはスケジュールの目処が立つ。可能なようなら今週末、アテンドで潰れる土日の代休をとれよ』

「来るのは平日かもしれないってこと？　わかった」

とれると思う、と頷いたあと、不意に心配になり――我ながら今更、だが――言葉を足した。

「でも、無理しないように。一泊三日の帰国なんて身体もキツいだろうし」

『自分だってやろうとしていたくせに』

お前はキツくないのかよ、と桐生に笑われ、

「だって」

と口を尖らせる。

僕も決して会社の仕事をいい加減にしているつもりはないが、桐生と僕では責任の大きさが違う。

文字通り『重責』といってもいいものを背負っている彼と、平社員の僕とでは、精神的にも肉体的にも、仕事上で感じるストレスの大きさは、倍どころか十倍くらい違うんじゃないかと思うのだ。

だからこそ、肉体的な疲労のほうは僕が引き受けたいと思っているというのに桐生は、

『俺より体力に自信があるってことか?』

と尚も揶揄してくる。

「冗談。桐生のタフさにかなう人間なんていないよ」

化け物並みだ、と僕も揶揄し返すと、

『そうでもないさ』

と桐生もまた言い返した。

『ベッドではずいぶん、奥様も貪欲でいらっしゃるし』

「………桐生に言われたくない」

『奥様』というのは既に定例化しつつある呼びかけの一つだったが、男なのに『奥様』とは呼ばれたくないし、桐生から『貪欲』とも言われたくない。

両方の意味をかけた僕の言葉はことのほか桐生には受け、またも彼は画面の向こうで高い笑い声を上げた。

『なら心配するなよ。俺はお前より貪欲で、しかも体力はあるからな』

予定が立ったらすぐに連絡を入れる、と桐生は告げて電話を切り、来週、桐生の一時帰国に合わせて休みがとれるようにとますます僕は仕事に精を出しつつ木曜日を迎えた。

空港への出迎えは化学品本部の管理職が担当することになっていたが、急遽《きゅうきょ》僕にも同行してほしいと山崎部長からその日の朝に声がかかった。

「悪いねえ。小田《おだ》製薬の社長からの要請なんだよ」

申し訳なさそうに部長は告げつつも、

「君をスパイにしたいみたいだね」

と、そのことに呆《あき》れているのか苦笑する。

「スパイというか……まあ、そうなんですかね」

実際、アテンドの報告は小山内部長経由、小田社長にいくのでやってることは『スパイ』なんだろうが、と僕も苦笑を返したあと、ちょっと気になり問いかけた。

「社長はずいぶんナーバスになっているということでしたが、買収がひっくり返ったりするんでしょうか」

「それはないよ。今回は契約締結のためにミスター・ラクロワは来日するんだし」

あはは、と部長は僕の心配を退けたものの、

「ただ」

と言葉を足した。

「小田社長は最後まで今回の買収には懐疑的だったからね。ミスター・ラクロワがわざわざ来日し契約を締結するのはそんな社長を気遣ったからだともっぱらの噂だ」

「ミスター・ラクロワのプロフィールを見ました。若いですね」

小田製薬の業績は身売りをしなければならないほど落ち込んでいるわけではない。しかも社長は乗り気じゃないという。そんな状況でM&Aを成功させるとは、ラクロワ氏は若いがかなりの切れ者ということだろう。そう思いつつ尋ねると部長は、

「そう。まさに映画かドラマに出てくる『いかにもなエリート』という感じだよ」

と頷いてみせた。

「しかもイケメン。そう思わないか?」

「思いました。俳優みたいですよね」

仕事もできて顔もいい。凄いなと僕も頷き返す。

実際、写真で見た彼は、ハリウッド俳優かモデルと言われても納得できるような、絵に描いたような金髪碧眼《へきがん》の二枚目だった。

笑った口元から覗《のぞ》く白い歯が眩《まぶ》しい。ブルーの瞳は理知的で、輝く金色の髪と相俟《あいま》ってなんともいえない迫力が写真からも感じられた。

「俳優より顔、いいよな。しかもスポーツ万能で、ヨットではオリンピック候補になったことがあるらしいよ」

「そこまで凄いとなんだか笑っちゃいますね」

僕の言葉に部長も「そうだよな」と本当に笑っていたが、心の中で僕は、もう一人、笑っちゃうくらいに凄い男を知っている、と呟《つぶや》いていた。

言うまでもなく桐生だ。彼もまた笑っちゃうくらいに仕事でもなんでもずば抜けてできる上にイケメン、そしてスポーツも万能だ。

年齢は桐生よりも少しだけ上のこのミスター・ラクロワはもしかしたら桐生のようなタイプなのかもなと思いつつ僕は山崎部長に見送られ、彼の部下である宮田《みやた》部長付と共に空港へと向かったのだった。


山崎部長同様、宮田部長付も僕に対して同情的だった。

「ただでさえ忙しいのに、土日潰してのアテンドだなんて、君も気の毒だねえ」

英語が堪能なばっかりに、と言う彼はニューヨークに駐在経験があり、ミスター・ラクロワの勤務先のことも熟知していた。

「なんていうのかな。まさにエリート軍団だ。その中でミスター・ラクロワは三十二歳にして役員だなんて、エリート中のエリートということだね」

「エリート中のエリート………」

どういうタイプの男なのか、少し興味が出てきたこともあり、会うのが楽しみになってきた。成田から乗り継ぎで名古屋に到着するというエアを待つ。ミスター・ラクロワはニューヨークからではなく、日本の前に香港《ホンコン》で商用をすませたあとに名古屋入りする、というスケジュールとなっていた。

「あ、あれかな」

到着ゲートから姿を現した金髪の長身の男を目で示し、宮田が僕に注意を促す。

「そうですね」

プロフィールの写真と同じ金髪碧眼の美男子なのだが、写真よりもなんというか、より華がある気がした。

あれをオーラというのだろうか。人目を引かずにはいられない雰囲気をたたえている。と、彼が僕へと視線を向けた。正確には僕ではなく、僕が手にしていた彼の名を書いたボードにだが、笑顔になったその顔は、更に魅力的だった。

『ミスター・ラクロワ、ようこそ。三友《みとも》商事の宮田です』

歩み寄ってきた彼に、宮田部長付が英語で挨拶をする。

「出迎え、ありがとうございます」

「え?」

ミスター・ラクロワが返してきたのは綺麗《きれい》な発音の日本語で、僕は思わず驚きの声を上げてしまった。宮田部長付は相当驚いたらしく、声も上げられずにいる。

「あはは、驚かせてすまない。僕のことはジュリアスと呼んでください、宮田さん」

ミスター・ラクロワは——ジュリアスは笑顔でそう言うと、視線を僕へと向けてきた。

「君も三友商事の人？」

「はい。長瀬と申します」

よろしくお願いします、とつられて日本語で答える。

「ファーストネームは？」

「秀一《しゅういち》です」

「それなら秀一と呼ばせてもらおう」

見るからに自分よりも年下だと思ったのか、ジュリアスは僕に向かって微笑むと、

「それでは宮田さん、行きましょう」

とすぐに視線を宮田部長付に戻し、靴音を響かせる勢いで歩き始めた。

「荷物をお持ちしましょう」

啞然としていた宮田が、はっと我に返った顔になると、ジュリアスの引いていた小型のカートに手を伸ばす。

しまった、それはどう考えても僕の役目だ、と慌てて僕も「いや、自分が」と手を伸ばし

たが、ジュリアスは笑って僕らの申し出を退けた。

「このくらいは自分で持ちます。早速小田製薬に向かいたいんですが、準備は整っていますか？」

「はい、それは勿論」

「アレンジありがとうございます」

にっこり、とジュリアスが宮田と僕に笑いかける。

「…………」

なんとも圧倒されるな、と微笑み返すことしかできずにいた僕は、心の中で感嘆の声を上げていたのだが、彼への感嘆の気持ちは小田製薬に到着後、社長や他の役員たちとの会食に同席したときに更に増すこととなった。

小田製薬は立派な自社ビルを持っており、最上階に来客用の食堂がある。高級感溢れる個室で開催された会食の末席に宮田と僕も連なったのだが、表情の強張《こわば》る小田社長をジュリアスはそれは巧《たく》みな話術で立てまくった。

「伝統ある小田製薬の社名は未来永劫《えいごう》、残します。今回の件は御社にとってもプラスに働くことは間違いありません。海外に新たな市場も開拓できますし、研究の方向性にも多様な面が出てくる。共に発展していくためのM＆Aですから」

嘘は言っていないのだろうが、まず社長にも理解できる日本語を話していることと、もう一つ、表情が実に真摯《しんし》なものだったために、懐疑的だったという社長自身が今やジュリアスに心を許し、楽しげに微笑んでいた。

人たらし――なんて言い方は悪いが、まさにジュリアスこそその『人たらし』なんだろうなと思わずにはいられない。

役員たちもおおむね彼に対しては好意的な目を向けているのがわかる。中でも社長の横に座る、ひときわ若い役員――小田社長の息子で専務の役職についているという小田宗近《むねちか》はジュリアスに心酔しきっている様子だった。

最初に顔を合わせた瞬間から僕はこの宗近専務には既視感を覚えていた。が、向こうが何も言ってこないところを見ると勘違いかもしれない。

親子ではあるが、押し出しが強く剛胆《ごうたん》に見える社長とはあまり似ていなかった。線の細い二枚目で、言い方は悪いがいかにもお坊ちゃん、というような育ちのよさを感じさせるタイプの青年である。

年齢は僕より下なんじゃないだろうか。同族会社とはいえ、それで専務というのも凄いよなと、会話がすべて日本語で行われているため通訳の必要もなくなった僕は暇に飽かせて会食の様子をじっと観察してしまっていた。

その後、ジュリアスは小田製薬本社内を回ったあとに、車で一時間ほどの距離にある工場に向かうということになり、僕らもそれに同行した。

工場見学には宗近専務も付き添ったのだが、僕らに対する物腰も柔らかく、感じの悪いものではなかったものの、ジュリアスに対するものとはまるで違った。

まず笑顔が違う。その上まさに『下にも置かない』という気遣い溢れる対応に、アテンド役の僕らは不要だったんじゃないか、と宮田と二人、つい顔を見合わせてしまった。

「もともと、専務が今回の買収には乗り気でね。彼が必死に父親を説得した結果、実現したという話だったよ」

「会社の将来を見据えて……ってことなんでしょうかね」

同族会社ゆえ、黙っていれば社長の息子の専務が次期社長になるのはまず間違いない。が、買収されれば社長の座はジュリアスの会社の人間にとってかわられるだろう。

それでも積極的に買収話を進める、その気持ちは到底凡人である自分にはわからないと思いながらそう言うと、

「独自路線でいくという道も、充分あったと思うけどねえ」

宮田もまた専務の心情は理解できないといった内容のことを言い、またも僕らは二人して顔を見合わせたのだった。

工場見学を終え名古屋に戻る。夜は三友商事役員との会食予定が組まれていた。

今回、ジュリアスの訪問先は小田製薬だけではなく東海地方で今後買収する数社を回るとのことで、明日は別の会社に向かう予定である。

小田製薬とは週末のゴルフと、それに月曜日の契約締結のセレモニーで顔を合わせることになっていた。

ウチの支社長との会食でも、ジュリアスはできる男ぶりと人たらしぶりをこの上なく発揮し、さすがだ、と僕はおおいに感心してしまった。

いよいよお開き、ということで、予約していたホテルへと彼を送っていく役目を山崎部長から命じられ、会社の用意したハイヤーへと彼を導いた。

運転手に行き先を告げようとしたとき、先に乗ってもらったジュリアスが思いもかけない行動に出た。

「秀一、君は秘密の守れる男かい？」

「はい？」

どういう意味か、と問い返すと、ジュリアスが英語で僕の耳元に囁いてきた。

『実は今回の滞在では、友人の家に世話になることに急遽決まったんだ。だが僕はそれをあまり人に知られたくはない。なのでホテルへのチェックインは君にしてもらえないか？　友人宅には自分で向かうから』

「…………わかりました……が、よろしかったらこの車でお送りしますよ」

秘密めいた雰囲気から、その『友人』の存在をジュリアスが隠したがっていることを僕は察した。

その『友人』というのが恋人だから、というプライベートな理由からホテルに滞在していることにしたいのか、はたまた『友人の家に行く』ということ自体が嘘で、我が社とは関係ない訪問先にこれから向かうつもりなのか。

どちらにしろ、会社に損害を与えないようなことなら目を瞑《つぶ》るかと思いつつ僕は了承の意を伝えたあとに、どうせだったらこのままハイヤーを使ってもらってかまわないとジュリアスに提案した。

『ありがとう。お言葉に甘えさせてもらうよ』

ジュリアスがにっこり微笑んだあとに、行き先を口にする。

「え？」

『東山動物園近くの――レジデンスに』

それはまさに僕の住んでいるマンションの名称で、思わず僕は戸惑いの声を上げてしまっていた。

「ん？」

どうした、とジュリアスが目を見開く。

「いえ、あの……」

まさか彼は僕がそのマンションの住人と知り、行き先を告げたのか？　と一瞬疑ったものの、すぐに、そんなわけがないか、と思い直した。

「失礼しました。なんでもありません」

マンションに向かいます、と告げ、運転手に行き先変更を指示する。

なんだか視線を感じるな、とちらっとジュリアスを見ると、にこ、と彼は微笑み、またも英語で話しかけてきた。

『秀一、君のことを少し教えてもらえないかな?』

『はい?』

僕の何を聞きたいというのか、戸惑いつつも僕は彼の質問に答え始めた。

『秀一はいくつ?』

『二十六です』

『所属は自動車部なんだよね』

『はい』

『ところで恋人はいる?』

『はい?』

聞き違いか? と問い返した瞬間、ジュリアスが悪戯《いたずら》っぽい笑いを浮かべているのに気づき、なんだ、からかわれたのかと察した。

『いないのなら口説きたいなと思ったのさ』

尚もからかってくるジュリアスに、こういう場合はどうかわすのが一番いいかと考える。

真面目《まじめ》にかわせば『本気にしたのか』とまたからかわれるだろうし、万が一にも本気で口説かれているのだとしたら――まあ、確率としては物凄く低いが――適当にかわすとあとを引くだろう。

ここは聞こえないふりだなと話題を変えることにした。

『ミスター・ラクロワは日本語が実に堪能でいらっしゃいますが、日本にいらしたことはありますか？』

『ジュリアスと呼んでくれ。君とは個人的な話をしたいから』

ジュリアスがじっと僕の目を見つめ、囁くようにしてそう告げる。

なんだか面倒なことになりそうだなと僕は少し距離を取り、敢《あ》えて運転手にわかるように日本語で話を続けた。

「ではジュリアス、日本にはよくいらっしゃるんですか？」

「………まあね。いい日本語の先生がいたもので、上達が早かったのさ」

「日本語の先生……」

もしやそれが、彼がこれからマンションで世話になるという人物だろうか。やはり恋人なんじゃないかと閃《ひらめ》いたが、揶揄し返すには僕と彼では立場が違いすぎた。

「秀一も英語が上手《うま》いね。教えてくれる外国人の恋人がいるのかな？」

「……英語を誉《ほ》めてくださりありがとうございます」

ほかに言いようがなく、そう言い、また話を変えようとした。が、ジュリアスは話題の変更をあろうことか食い止め、更に身を乗り出してきた。

「相手にしてもらえないね。君くらい綺麗だと、口説かれ慣れているというわけかな?」

「……あの……」

からかわれているにしても、本気にしても、どちらにしろ取引先の相手にすることじゃないだろう。いくら僕が若造でも、とむっとしたのが顔に出てしまったようだ。

「怒った?」

ふふ、とジュリアスが笑いながらようやく少し離れてくれた。

『いえ、別に』

「何を怒ったの? 綺麗と誉めたことかな? 誉めて怒られるのは心外だな」

『………綺麗と言われて喜ぶ男がいるとは思えませんが』

運転手を気にし、僕は英語に変えたのだが、いくら英語で対応してもジュリアスは日本語で会話を続けようとする。どういうつもりだ、と憤《いきどお》りつつも答えた僕を見て、ジュリアスがまた笑った。

「君にとって『綺麗』は誉め言葉じゃないってこと? 言われすぎてるのかな?」

『ですから』

もういい加減にしてくれ、とつい声を荒らげようとしたとき、ちょうどいいタイミングで運転手が声をかけてきた。

「こちらのマンションでよろしかったでしょうか」

「あ、はい。ここです」

外を見ると、ちょうどマンション前に到着したところだった。

自分も住んでいるから当然すぐわかったのだが、即答したのを聞いてジュリアスは少し不思議そうな顔になった。

しまった、何か言われるかなと、急いで車を降りることにする。

「トランク、開けてください」

停車と同時に運転手に声をかけ、車を降りて後ろへと向かう。ジュリアスは運転手が開けたドアから外へと降り立ち、僕がトランクから出した彼のカートを受け取った。

「それじゃあ、おやすみ。また明日、会えるのを楽しみにしているよ」

ジュリアスが微笑み、僕に右手を差し出す。

『おやすみなさい』

明日もアテンドの予定だが、幸いつくのは僕一人ではなく宮田部長付も一緒だった。

さすがの彼も人目があれば、ふざけた言葉を口にはすまい。立場のある人間なのだし、と思いながら僕は頭を下げ、彼がマンションのエントランスへと向かうのを運転手と共に見送った。

「あの人、ゲイなんですかねえ」

姿が見えなくなったあと、年輩の運転手が、ぼそ、と僕に問いかけてくる。普通、ハイヤーの運転手は、乗客の噂話はしないものなんじゃないかと思いはしたものの、いかにも上品な、そして人のよさそうな老人だったので、このくらいの雑談はいいか、と問いかけに答えることにした。

「アメリカンジョークでしょう。たぶん」

実際のところはわからない。が、来賓の性的指向について社員があれこれ詮索するような言葉を口にするのはマズいか、と肩を竦《すく》める。運転手は、

「アメリカンジョークねえ」

と納得したような、しかねるような顔になったものの、僕が、

「次はホテルにお願いします」

と告げるとすぐさま、

「失礼しました」

と頭を下げ、車に乗り込んでくれた。

今回の来日は、小田社長に気を遣った、いわばパフォーマンスであり、ジュリアスにとってはそう力を入れるような仕事ではないのかもしれない。

にしても、ふざけすぎだよな、と、彼に対して最初に抱いていた好印象が今や僕の中では

随分と薄れていた。

　まさかこの先、ジュリアスに対して『印象が悪い』どころじゃない悪感情を抱くほどの出来事が待ち受けているなど、未来を見通す力のない僕にわかるはずもなく、誰も泊まらないホテルにチェックインの手続きをしにいく自分の仕事のむなしさに僕は車中で一人、溜め息を漏らしてしまったのだった。

# 3

翌朝の待ち合わせ場所はホテルのロビーだったが、時間より十分ほど早く僕と宮田が到着したときには、ジュリアスはラウンジでコーヒーを飲んでいた。

「宿泊もしていないのに、早いねえ」

宮田が感心した声を上げる。

『秘密を守れるか』と言われたものの、小山内部長には、ジュリアスがホテルではなくマンションの——僕も、そして小山内部長も住人であるマンションの知人宅へと向かったことを報告した。

『へえ、あのマンションにね』

小山内部長は驚いていたが、すぐに何か思い当たることがあったのか、

『もしかして……』

と小さく呟いた。が、僕が、

「はい？」

と問い返すと、なんでもない、と言葉を濁した。

『この件は僕から山崎部長に伝えておくよ』

何かしらの問題があった場合、責任を問われるのは主管となっている化学品本部ゆえ、と言われ、それはそうだよなと納得した。

ジュリアスには『秘密の守れない男』と謗《そし》られるかもしれないが、たいした問題ではない。そう思っていたのだが、山崎部長は報告を受けた上で、自分たちは何もない限り『知らない』スタンスをとることにし、部下にもそう指示を下したのだそうだ。

宮田からそれを聞かされ、僕は思わず、

「気を遣ってますね」

と言ってしまい、しまった、と口を閉ざした。

「あはは、わかるよ。俺も実際そう思っている……が、今後、ウチの本部に限らず全社的に世話になるからね」

宮田は気分を害した様子もなくそう笑ってくれ、僕たちはあくまでもジュリアスがこのホテルに宿泊しているというスタンスを貫くこととなったのだった。

ロビーで待つ僕たちの存在にジュリアスはすぐに気づいたらしく、笑顔で立ち上がるとラウンジを出てきた。

「やあ、早いね」

「申し訳ありません。まだ時間前ですのでどうぞコーヒーを……」

宮田が恐縮し、ラウンジに戻ってもいいと告げたがジュリアスは笑顔でそれを退けた。

「いきましょう。今日も一日忙しい」

「はい。それではこちらへ」

ジュリアスの言葉どおり、今日の彼の訪問先は五カ所もあった。うち二カ所では二時間を超える会議に出席することになっている。

小田製薬に気を遣っての来日ということだったが、どうせ日本に行くのならと予定を詰め込んだのだろうか。

ワーカーホリック気味なのかもな、などと考えつつ、僕はジュリアスの少し後ろを歩いていたのだが、不意に彼に振り返られ、はっと我に返った。

「秀一、今日も綺麗だね」

「…………はあ」

ジュリアスの前を歩く宮田が、驚いたように振り返る。

昨夜の一連の戯《ざ》れ言《ごと》は、夜、酒を飲んだあとだからこその揶揄だと思っていたのに、朝からこれか、と呆れた僕は、続く彼の言葉を聞き、ようやくその意図を察したのだった。

「綺麗な上に聡明だ。僕がホテルに宿泊していないことを上司に報告したんだろう？」

「……っ」

どうやって気づいたのかはわからないが、秘密を明かしたことに対する意趣返しだったようだ。

　ここでとぼけることもできたが、今更かと僕は素直に認め頭を下げた。

「申し訳ありません」

「いや、かまわない。組織に属する者なら当然の判断だ」

　にっこり、とジュリアスは笑いかけてきたが、彼の目は笑っていない気がした。気分を害したのかもしれない。ただ態度に出すようなことはなさそうだった。

　僕が再び、

「申し訳ありません」

　と詫び、ここで話は終わりになった。

　ハイヤーの運転手は偶然昨日と同じ人で、ジュリアスと宮田が客先を訪問している間、僕は車で待機となったため、運転手と次第に打ち解けていった。

　運転手が選ばれたのは、彼が英会話を得意としていたからだと聞かされ、僕は昨日の自分の行動を恥じた。

「すみません……」

「いやいや、あれはあの外人さんが悪いでしょう」

　六十歳を越えている運転手の名は曽我部《そがべ》といい、前職は専門商社に勤務していたとのことだった。

この不況で数年前にリストラにあい、タクシー会社に転職したとのことで、物腰が柔らかいことと英語を解するためにハイヤー担当になったという話だった。

ジュリアスの勤務先を告げると、

「へえ、あそこですか」

と、僕より詳しいくらいだった。

「あの若さで役員って、どれだけエリートなんだか」

ひとしきり感心してみせたあと彼は、

「よっぽど非情なんでしょうねえ」

と気になる一言を告げた。嫌みというよりは素で出たふうだったので、

「非情ですか？」

と聞いてみる。

「生き馬の目を抜くといわれたあの会社で上り詰めるには、相当非情じゃないと無理でしょうからね」

自身もリストラを経験しているからか、曽我部の言葉は重みがあった。

「今日も口説かれますかね」

茶目っ気もある彼は、ずいぶんと打ち解けたあとに僕をからかってきた。

「あれは口説きじゃないでしょう」

からかわれているだけだと思うけれど、と僕も笑って返す。

「ゲイかどうかの見分けには自信はないですが、なんとなくあの人はアッチ系な気はしますがねえ」

気をつけてください、と曽我部に言われたあたりでジュリアスと宮田が戻ってきた。

「おっと」

あわてて曽我部が車を降り、二人を迎える。曽我部がジュリアス側の、僕が宮田が乗る側のドアを開き、二人を車に乗せるとそれぞれに運転席と助手席へと戻った。

「それでは会食場所に向かってください」

宮田の指示に曽我部が「かしこまりました」と返事をし、車を出す。

「明日はゴルフですが、明後日はどうされますか？　観光のプランもたてていますが、ゆっくりされたいということであれば変更いたします」

車中で宮田がジュリアスに提案したのはおそらく、今、ジュリアスが世話になっている人間とのプライベートタイムを過ごしたいのではと考えたためだと思われた。

「ありがとう。実は一カ所、行きたいところがあってね」

ジュリアスが礼を言い、宮田の提案を受け入れた——のだと僕も、そして宮田も、ついでに聞くでもなく話を聞いていた曽我部もそう思っていた。

「そうですか」

了解しました、と宮田が頷いた直後、ジュリアスはなんと身を乗り出し、助手席の背を摑《つか》んだかと思うと僕に話しかけてきたのだ。

「飛騨高山《ひだたかやま》というところに行ってみたいんだ。秀一、案内してもらえるかい？」

「はいっ？？」

思いもかけない申し出に驚いた声を上げたのは僕だけではなかった。

「飛騨高山……ですか」

宮田が戸惑ったようにそう言うと、ジュリアスは乗り出した身を再び後部シートの背に預け、にこにこ笑いながら彼に答え始めた。

「ああ、ガイドブックを見ていたら急に行きたくなった。できれば一泊したいがゴルフのあとでは無理かな。日曜日に日帰りで観光をする。ああ、温泉というのにも入ってみたいんだが、プランをそう変更できるかな？」

「そ、それはできますが、その、長瀬と、ですか？　ほかにご同行される方は……」

宮田がしどろもどろに問いかける。

「別にいないよ」

ジュリアスがにっこり笑い答えたのに、僕はただただ啞然としていた。

曽我部が意味深な視線を僕へと向ける。僕も思わず彼を見返し、やっぱり彼はゲイなのか？と目で問いかけてきた彼に、さあ、と首を傾《かし》げて答えた。

「勿論、宮田さんをはじめ御社のみなさんにも来てもらってかまわないが」

「あ、はい、まあ、その、そうですね」

宮田が更にしどろもどろになりつつ、どうなっているんだ、と振り返った僕に目で問うてくる。

わかるわけがない、と密かに首を横に振っていると、ジュリアスはめざとくそれに気づき笑顔で声をかけてきた。

「日本の温泉を満喫したいと思ったんだよ。問題があるようなら勿論、この希望は引っ込めるけれど」

「いや、問題はありません。すぐに手配します。特にいらっしゃりたい観光スポットはありますか？」

早くも立ち直ったらしい宮田が笑顔でジュリアスに問いかける。だがその笑顔はひきつっていた。

「特にないよ。君たちのお勧めで結構だ」

ジュリアスはそう言うと、唖然とその様子を見ていた僕にだけわかるよう、小さくウインクをして寄越した。

ウインクされても――リアクションがわからず、なんとなく笑いながらまた前を向く。

「…………」

また曽我部と目が合うと、彼は声には出さず口だけで『気をつけて』と言って寄越した。

曽我部はジュリアスをゲイと思い、それで注意を呼びかけてくれたようだ。

実際ゲイかどうかはさておき、いきなりの予定変更には何か意図があるのかもしれない。

これもまた小山内部長に報告だなと思った僕の頭に、飛騨高山といえば、という考えがふと浮かんだ。

結局キャンセルしてしまったが、桐生と行くはずだった場所だ。最初に行くのが桐生ではなくジュリアスになったのは残念だった。

女々《めめ》しいな、とそんな自分の思考を打ち切り、逆に桐生と行くときのための下見にしようと、それもどうなのかということを考え、自嘲《じちょう》する。

明日はゴルフ、明後日は温泉。となるとジュリアスのプライベートタイムはほとんどないことになる。

彼が今世話になっているというマンションの住人は不満に思ったりしないのだろうか、と、余計なお世話としかいいようのないことを考えながら僕は車が会食の会場に到着するのを待ったのだった。

僕は明日のゴルフに同道するし――って宮田も勿論するのだが――そのまま飛騨高山にもかり出されるしということで――ちなみにこちらにも宮田は行くのだが――今日は接待時間が終わるまで待機することなく帰宅していいということになった。

もともと会食のメンバーではなかったのだが、ジュリアスを送る役目を仰《おお》せつかっていたのだ。

「じゃあ、明日の集合場所は、ラクロワ氏が滞在しているマンションのエントランスってことで」

本当にお疲れ、と宮田は僕の労をねぎらってくれ、僕はすぐにも帰宅ができることになった。が、本来の仕事が気になったので結局会社に向かうことにし、まだ残業していた木場や愛田と共に三時間ほどデスクに向かった。

小山内部長は接待で既に社を出てしまっていたので、メールでジュリアスの今日の様子と週末の予定変更を伝え、午後十時前に僕は社をあとにした。

これから飲みに行くという木場と愛田の誘いを受けたかったが、明日の起床時間を思うとやめておいたほうがいいだろうと判断し断った。

「頑張れよ」

「お疲れさまです」

同情溢れる二人の声に送られ、自宅を目指す。帰宅後、桐生にメールを入れようか。時間的に問題ないようなら電話もしたいな、などと考えながらエントランスを入った僕の視界に、輝く金髪が飛び込んできた。

「あ」

驚いたあまり声を漏らしてしまった、その声を聞きつけ、ロビーのソファに座っていたその金髪が顔を上げる。

「秀一、どうした？」

やはり驚いたように問いかけ、立ち上がったのはなんとジュリアスだった。

「僕が閉め出しを食っているって、どうして知ったの？」

「閉め出し？」

何を言われているのか、さっぱりわからないと戸惑う僕の様子から、ジュリアスは自分の勘違いに気づいたようだ。

「君はなぜこの場に？」

改めて問いかけてきた彼に答えることを躊躇《ちゅうちょ》したものの、別に隠すことでもないかと考え直し、真実を伝えることにした。

「実はこのマンションに住んでいるんです」

「なんだ、そういうことか」

途端にジュリアスが納得した顔になったことに違和感を覚え、眉を顰めると、彼はすぐにその理由を答えてくれた。

「君はこのマンションの名称も場所もよく知っているようだったからさ」

「……あの、それで閉め出されたというのは？」

こっちの状況を知られているのに、そっちの状況がわからない。どういうことなのかと問いかけるとジュリアスは、

「閉め出されたは言葉のアヤさ」

と笑って、今なぜ彼がこの場にいるのかを簡単に説明しはじめた。

「ちょっとした連絡ミスでね。友人がまだ帰宅していないんだ。彼は連絡を入れてくれていたのを僕が見逃していたんだね」

「そうだったんですか……」

それは災難でしたね、と言いつつ僕は、どうしたものかと内心困っていた。

ロビーで彼の『友人』――彼と言っていたから男のようだが――の帰宅を共に待つべきだろうか。

そこまでしなくてもいいかと思わないでもないが一人ぽつんと彼をロビーに残し『それじゃ』と帰宅するのも少々躊躇われる。

コーヒーくらい飲めるといいのだが、あいにくロビーにそんな施設はない。近くの店に連れていき時間を潰すという手もあるかなと考えていたそのとき、ジュリアスが思いもかけな

い提案をしてきて僕をその場で固まらせた。

「どうだろう、秀一。よかったら君の部屋で休ませてもらえないかい？」

「はい？」

素《す》っ頓狂《とんきょう》な声がロビーに響く。

「あ、すみません」

はっとし詫びつつも僕は、冗談じゃない、と内心慌てまくっていた。

僕は未《いま》だに同じ課の人間すら、家に上げたことはない。というのも桐生が僕のために用意してくれた部屋は僕のような平社員が住むには立派すぎるためだ。

本当にこんなに凄い部屋を安い家賃で借りているのか、と疑われること必至であるその部屋に、ジュリアスを案内するのは気が引けた。

課の皆よりも更に面倒なことになりそうなのも目に見えている。

「申し訳ないのですが、今、非常に散らかってまして……」

とても人を上げられるような状態ではない、と、我ながら苦しい言い訳をし逃れようとする。

「かまわないよ。なんなら片づけを手伝おう」

得意なんだ、とジュリアスが身を乗り出し、今にもエレベーターホールへと向かおうとした。

「あの、いえ、実は……」

誰かと一緒に住んでいると嘘をつこうか。しかしこの様子ではまた『かまわないよ。なんなら紹介してくれ』などと言われてしまいそうである。

これは困った。はっきり『ノー』と言うには何を理由にしたらいいのか。相手が取引先、しかも化学品本部にとってのＶＩＰだけに、正当な理由もなく『嫌だ』は言えないところが苦しい。

いっそ、小山内部長の部屋に行こうと誘うか、とも考えたが、接待だとしたらまだ帰宅していない可能性が高い。

しまった、最初から『僕も友人の家を訪ねてきた』とでも言えばよかった、と悔やみながらも、

「秀一の部屋は何階？」

と、さも行くのが当然、というように尋ねてきたジュリアスに、なんと答えようかと迷っていたそのとき、

「ジュリアス！」

高い男の声が天井の高いロビー内に反響する。突然のことに僕は驚き、声のしたほうを見やった。

「……あ……」

エントランスの自動ドアを今、駆け込んできたと思《おぼ》しき若い男が仁王立《におうだ》ちになり、僕と、そしてジュリアスを睨みつけている。

仕立てのいいスーツに身を包んだ若い男には見覚えがあった。綺麗な顔立ち、華奢《きゃしゃ》といってもいいほど細身の体型。確か彼は小田製薬の跡取り息子、宗近専務じゃなかったか。

「あの……」

挨拶をしようとしたが、宗近は僕を一瞥《いちべつ》しただけであとは無視し、真《ま》っ直《す》ぐにジュリアスへと駆け寄っていった。

「何をしている？」

詰問といってもいい、強い口調にびっくりする。

「何も。君からのメールを今読んで、途方に暮れていたところさ」

肩を竦めたジュリアスが、ねえ、というように僕を見る。

宗近がこのマンションに住むジュリアスの『友人』だったというわけか、と僕は驚きながらも、それで宗近に既視感があったのかと思い当たった。一度くらいエレベーターで乗り合わせているのかもしれない。

「………」

宗近はちらと僕を見たものの、すぐに視線をジュリアスへと戻したかと思うと彼の腕をつかんだ。

「部屋に戻ろう」

そのままジュリアスを強引に、セキュリティのかかった自動扉の向こうにあるエレベーターまで引っ張っていく。

宗近のほうでは僕の顔を覚えていないようだった。まあ、関係部署に所属してもいない若手社員の顔など、専務が覚えているわけもないか、と思い、彼らが去ってからエレベーターに乗ろうとその場に留まった僕に、境となっている自動ドアが閉まろうとするところでジュリアスが声をかけてくる。

「それじゃ秀一、また明日」

「秀一？」

宗近が訝《いぶか》しげな声を上げ、僕を睨んだ。

「……っ」

怖《こわ》っと、思わず竦みそうになるほどの強い眼差《まなざ》しに射貫かれ息をのむ。と、そこでちょうどエレベーターの扉が開き、ジュリアスが宗近の背を促し中へと乗り込んだ。

「誰なんだ、あれはっ？」

エレベーターの扉が閉まる直前、宗近の声が聞こえたが、普通のトーンで話している声ならこうも鮮明に聞こえはしない。

怒鳴りつけているくらいの声の大きさだったってことだろう。そう思いながら僕はキーを取り出して自動ドアを開き、エレベーターの上へと向かうボタンを押した。

すぐに開いた扉から中へと乗り込み十八階のボタンを押す。

『誰なんだ、あれはっ?』

宗近の怒声。そして『何をしている』と叫んだときのあの厳しい目――もしも二人が単なる買収する側とされる側の人間、というだけの関係だとしたらあのリアクションはないだろう。それにそうだとしたらジュリアスは宗近の部屋に滞在することを隠そうとはしないんじゃないかと思う。

第一ジュリアスは『友人』の世話になると言っていたんだし――僕の胸に疑問が生じる。彼らはこの買収を機に友人になったのか、それともそれ以前から友人だったのだろうか。そもそもただの『友人』なんだろうか。友人というよりはむしろ――?

「………下司《げす》の勘ぐり、だな……」

追及するようなことじゃない。思考を続けようとする自分を恥じ、敢えて中断すると僕は開いたエレベーターの扉から外へと出、自室へと向かった。

部屋に戻り、メールをチェックしていると、桐生からスマートフォンにスカイプの通知が入った。察してすぐ応対する。

「もしもし、桐生?」

『今、いいか?』

スマートフォンの画面に桐生が現れる。小さな映像がもどかしいなと思いつつも僕はざっと時差を計算し、まだ桐生のいるニューヨークは午前中じゃないのかと気づいた。

「僕はいいけど、桐生は?」

『ダメなら電話なんてしないさ』

言われてみれば当然の答えを返してきた桐生が、それを指摘しようとしてやめたらしく、くす、と笑う。

「……ええと、今、ホテル?」

自分の頭が回らないことを露呈しているのが恥ずかしい。でもそれは桐生の電話に浮かれすぎているからで、と心の中で言い訳しつつ、僕は話を逸《そ》らした。

『そうだ。お前は? もう帰り着いたみたいだな』

小さな画面ながら、僕の背後に部屋が映り込んでいるのか、桐生が確認をとってきた。

「うん、今戻ったところ」

『明日はゴルフだったか。ご苦労なことだ』

「まあ、サラリーマンですから」

仕方がない、と肩を竦めると、

『宮仕えのつらさだな』

と桐生も肩を竦め返し、僕らはサラリーマンの悲哀を共感し合った。

「出張のほうはどう？　やっぱり延びそうなのかな」

前は海外からの電話だと、通話料を気にしてしまっていたが、今はその心配がないのが嬉しい。

まだ寝るつもりもなかったし、桐生も身体があいているというのならと、僕は次々話題を振っていった。

『残念ながら。来週は一日帰国するつもりだが』

「無理しないでくれよ」

『性格上、無理はできない質《たち》でね』

だから気にするな、という桐生に僕は思わず、

「でも……」

と声をかけていた。

自分にとっては少しも無理ではないと言いたいのだろうが、身体はやっぱりキツいはずだ。来週末なら僕がニューヨークに行けそうだし、と言おうとした僕の言葉を敢えて遮り、今度は桐生が話題を変える。

『ところでアテンドはどうだ？　ミスター・ラクロワだったか。どんな奴だった？』

前の電話で僕が、若い金髪碧眼の美男子だと言ったから気にした——というわけではなく、

単なる話題逸らしだったのだろうが、そう問われたとき僕は思わず、

「うーん」

と絶句してしまった。

『どうした、口説かれでもしたか？』

桐生がずばっと核心を突いた問いをしてくる。

あれを口説かれたととるか否かはさておき、なんだかちょっと考えていたのと違ったということを僕は桐生に伝え始めた。

「初対面のときにはなんとなく、桐生っぽいなと思ったんだ。いかにもデキる男って感じだし、それに人たらしだし」

『俺が人たらし？　それは誉めてるのか？』

誉められている気がしないが、と苦笑する彼に、

「勿論誉め言葉のつもりなんだけど」

誤解のないようにと言いおき、僕は話を続けた。

「でも、ちょっと違うような気がしてる。なんだろう。僕はあまり好きなタイプじゃないかなと……」

『やっぱり口説かれたんだな？』

画面の中で桐生があからさまにむっとした顔になった。

「口説かれてないって。それより聞いてよ」

ここでへそを曲げられたあげく、せっかくかけてきてくれた電話を切られてしまってはつまらない、と僕は慌てて、彼をあまり好きではないと思った理由の前に、今彼がいる場所を教えることにした。

「ホテルは当社が予約したんだけど、会社には内緒で友人宅に泊まりたいと言い出したんだ。その友人宅というのがこのマンションでびっくりしたんだけど、今日、その『友人』が誰だかわかって更にびっくりしたんだよ」

『どうして驚く？』

未だ、桐生の機嫌は直っていないようだが、好奇心は覚えたらしく問いかけてくる。

「彼がM&Aを成功させた日本企業は小田製薬なんだけど、その若専務だったんだ。小田製薬は同族会社だから社長の息子がまだ二十代なのに専務で……」

『ああ、そうだったな。なんだ、小田宗近もそのマンション住まいだったのか』

「桐生、知ってるの？」

すらすらと名前を言ったということは面識でもあるのかと驚き尋ねると、

『いや？』

と桐生は首を横に振り、更に僕を驚かせることを言い出した。

『小田製薬といえば東海地区で一、二を争う大手製薬会社だ。主要役員の名くらい、一般常識だろう?』

「……僕にはその常識がなかったけど……」

恥ずかしいなと落ち込む僕の耳に桐生の、

『なるほどね』

という声が響く。僕に一般常識がないのが『なるほど』なのかと思ったが——しかしそれを『一般常識』とするのはどうかと思うのだが——桐生の意図は別にあった。

『買収のために専務を取り込んだということか。確かにお前の好きなタイプではないな』

「……やっぱり、そうなのかな」

桐生にはまだ、その小田専務が嫉妬《しっと》を剝《む》き出しにしてきたことまで話してはいない。それでも彼がそう判断したということは、やっぱりそういうことなんだろうな、と僕は二人の様子を思い出し密かに溜め息を漏らした。

『実際は本人たちに聞かないとわからないがな』

桐生の機嫌は今やすっかり上向いていた。上機嫌になると彼の話題は色っぽいほうへと向かいがちになる。今回もそんな特性はあますところなく発揮されたようで、これでこの話題は終わりとばかりに息を吐いたあと、

『そういやさ』

と明るい口調で話を変えた。

「なに?」

『昨日、お前の夢を見た。お前を抱いている夢』

「えっ?」

思わず声が高くなったのは、僕もまた数日前にそんな夢を見たからだった。

『欲求不満なのかもな』

驚愕《きょうがく》する僕を見て、桐生は珍しくも羞恥を覚えたのか、笑って話を流そうとする。

「僕もだよ。少し前に桐生に抱かれる夢を見たんだ。僕も欲求不満なのかもね」

一気にそう言い切ったのは、言うまでもなく嬉しさが募ったためだった。

離れ離れになっていることを寂しく思っているのは僕だけじゃない。互いの肌に触れ合えないことをもどかしく思っているのも僕だけじゃない。

桐生も同じく寂しく思い、もどかしさから夢を見たのかと思うと、もう、嬉しくてたまらなかった。

『どんなシチュエーションだった?』

胸を熱くしていた僕に、桐生がにやりと笑いながら問いかけてくる。

「どうって……いつもどおりというか……」

何を言わせようとするんだ、と赤面し、画面越しに桐生を睨む。

『いつもどおりに?』

「桐生こそ、どういう夢だったんだよ」

売り言葉に買い言葉、問うたときには彼がまさか説明を始めるなんて考えてもいなかった。

『俺もいつもどおりだ。お前の服を脱がせてベッドに押し倒し、胸に顔を埋《うず》める』

「ちょ……っ……桐生……っ」

驚く僕にかまわず桐生は言葉を続けた。

『乳首を舐《ねぶ》って立たせる。舌先で転がしてやると、もどかしげにお前は腰をくねらせるんだ。そのラインを手でなぞりながら乳首に歯を立てる。お前の口から、こらえきれない吐息が漏れ、またも腰が捩れる』

「僕が悪かった。もういいから」

やめてくれ、と懇願したのに桐生は尚も面白がり、話し続ける。

『早く欲しい。そう声と仕草でねだられる。ああ、目でもねだってくる。それほど欲しいのならと両脚を抱え上げると、そこはもうひくひくしていて、夢の中のお前は羞恥を覚えてまた身を捩る』

「もういいって。おかしな気分になっちゃうよ」

言ってまた赤面してしまったのは、実際自分が今、『おかしな気分』になりつつあるのが恥ずかしかったからだった。

『その気になったか？』

桐生に悟られたことがまた恥ずかしく、

「もう、よそう」

と我ながら唐突すぎる話題の打ち切りを申し出たが、桐生の意図は僕をからかうことには
――なかった。

『俺はすっかりその気だ』

「……桐生……」

小さな画面の中でもはっきりと、桐生が魅惑的な笑みを浮かべていることがわかった。

『やろう。一緒に』

目的語はなかった。が、口にせずとも桐生が何を『やろう』と言っているのか、僕にはすぐにわかった。

「……でも……」

躊躇ってみせたのは自分でも笑ってしまうくらい、ただのポーズだった。桐生はすぐにそう察したようで、彼もまたくすりと笑う。

『互いのを握り合っているつもりでやろう』

まだ同意はしていない。だがすべてお見通しの桐生には、同意の意思を言葉で伝えることなど不要だったようだ。

言われるがまま、ジジ、とスラックスのファスナーを下ろし、既に熱を孕《はら》んでいた雄を取

り出す。

『こっちを見ろよ』

桐生に言われ、僕は自分がスマートフォンのカメラから視線を下へと向けていたことに気づいた。

「……なんか……変態っぽい……」

テレビ電話で互いの顔を見ながら自慰をする。『ぽい』どころかまんま変態じゃないかと思えてきて、呟きはしたものの僕の手はしっかりと自身の雄を握っていた。

『変態、上等』

はは、と桐生が笑いカメラ越しに僕を見る。

画面が小さすぎて彼が手を動かしているかはわからない。からかわれているのかもという可能性はあったが、だとしてももう、我慢はできなかった。

桐生の顔を見ているだけで堪《たま》らない気持ちになる。彼に触れたい。そして触れられたい。その衝動を抑えられなくなった。

「桐生……っ」

声が震えてしまったのは、彼の指を想像しながら雄を扱《しご》き上げはじめたせいだ。

『……なんだ……?』

返ってきた桐生の声は、喉《のど》にひっかかったような響きがあった。

「……桐生……っ」

桐生もまた、僕の顔を見ながら自分で自分を慰めている。そう察したと同時に僕の手の中で、雄がどくん、と大きく脈打ち、急速に形を成していった。

昂《たか》まりすぎて息が乱れるのが恥ずかしい。顔を伏せると桐生が僕に呼びかけてきた。

『ほら、こっちを見てろよ』

「だって……」

また、声が震える。恥ずかしいと思っているはずなのに、手を止めることはできなかった。

『見ろって』

告げる桐生の声も少し切羽詰《せっぱつ》まっているように感じ、自分の顔を見せたいからというより桐生の顔を見たくて画面を凝視する。

「あ……っ」

画面越しに見つめられ、僕は堪らず声を漏らしてしまった。勢いよく扱き上げる雄の先端から先走りの液が滴《したた》り落ちる。早くも僕は限界を迎えようとしていた。

息の乱れを伝えるのは恥ずかしい。でもいくら唇を噛みしめても、荒い息遣いは口から漏れ、スマートフォンを通じて桐生へと届いてしまう。

『いい顔だ……ッ』

桐生がそう告げ、ニッと笑いかけてきた。彼の声も興奮していた。僕と画面越しに見つめ

合い、自身の雄を扱いている彼が、僕と同じように昂まっていると思うだけでもう、我慢ができなくなった。

「さわって……っ……あぁ……っ……桐生、触ってほし……っ」

気づいたときには僕の口からあられもない言葉が——しかも実現不可能な言葉が零《こぼ》れていた。

『触りたいさ』

桐生が苦笑したが、彼の息は酷く乱れている。

「桐生……っ」

一気に雄を扱き上げる。その指は僕のものではあったが、いつしか閉じてしまった瞼《まぶた》の裏では、しっかりと桐生の繊細な指に代わっていた。

「あぁっ」

感じていたはずの羞恥は今や、どこかに消え失せてしまい、僕は高い声を上げて達し、ぎゅっと自身の雄を握り締めた。

『一緒にいこうと思ったのに』

桐生の声にはっとし、閉じていた目を開いて画面を見る。

『……く……っ』

その瞬間、達したらしい桐生の顔が視界に飛び込んできて、なんだか堪らない気持ちになった。

「会いたい……今すぐ」

思いが言葉になり口から漏れる。

『……俺もさ』

達したばかりだからか、いつもよりも少し上擦《うわず》った声で桐生はそう言ったあと、じっと画面を見つめ一言呟くようにしてこう告げた。

『愛してる』

「僕も……僕も、愛している」

ニューヨークと名古屋間の距離が憎い。そうじゃなければ彼の背をしっかりと抱き締め、キスをねだりたいのに。

翼があるのなら今すぐにも飛んでいきたい。そう願いながら画面の中の桐生の顔をじっと見つめる。

『すぐ戻る。待ってろ』

言葉にしては何も伝えなかったというのに、僕の気持ちは伝わったようで、桐生はそう微笑むと、画面に向かい、キスをするように、チュッと音を立てて寄越した。

「待ってる」

僕もキスを返そうかと思ったが、照れてしまってなかなかできない。

『それじゃあな』

その間に桐生は電話を切ってしまったのだが、桐生の残像を求めるあまり僕は真っ暗なスマートフォンの画面からなかなか視線を外すことができず、暫《しばら》くの間じっと見つめ続けたのだった。

# 4

翌朝、約束の午前六時十分前にマンションのエントランスで僕は宮田を迎えた。

「長瀬君、早いねえ」

宮田は僕がこのマンションに住んでいることを知らないようだ。少し前に名古屋支社全員に、僕が男の愛人をしておりこのマンションに囲われているという噂をばらまかれたのだが、すぐにあれはデマであるという通達が回ったので人々の興味はそう引かなかったらしい。

「ええ、まあ」

知らない人間に敢えて教えることもあるまい。そう思い適当に笑って誤魔化《ごまか》したそのとき、エレベーターのほうからジュリアスと、それに小田専務がやってきて、宮田を驚かせた。

「おはよう」

ジュリアスがにこやかに挨拶をしてきたのに、唖然としていた宮田ははっと我に返ったようだ。

「お、おはようございます」

慌てて彼が挨拶をする間、ジュリアスの背後にいた宗近がじっと僕を睨んでいる。

「言っただろう？　三友の社員だって」

そんな彼にジュリアスはそう笑いかけると、

「それじゃあ、行きましょう」

と先に立って歩き始めた。

「あ、あの、小田専務もご一緒とは、その……」

聞いていなかった、と慌てる宮田を、ジュリアスが振り返る。

「ああ、車は別だよ。宗近には小田製薬から迎えが来る……そうだよね？」

傍らを歩く宗近に問いかける。

「そうでしたか」

宮田がほっとした顔になったのは、自分が手配ミスでもしたのではないかと案じていたためだと思われた。

が、次の瞬間、またも宮田を青ざめさせる出来事が起こった。

「僕もジュリアスの車に乗ることにする」

なんと宗近がいきなりそう言ったかと思うと、くるりと宮田を振り返り、

「いいですよね？」

と問うてきたのだ。

「も、勿論ですが……」

宮田の顔はひきつっていた。状況がまったくわかっていないのは僕も一緒ではあるが、一応僕にはジュリアスが今宗近の部屋に滞在しており、二人はかなり『親しい』間柄と推察される、という予備知識があるため、宮田ほど動揺はしていなかった。

「いいのかい？　君にもハイヤーが来るんだろう？」

ジュリアスが驚いたように宗近に尋ねている。あの様子ではおそらく彼も初耳だったのだろうと思いながら見ていると、宗近はむすっとしたまま、

「いいんだ」

と頷き、ちらと僕を振り返った。

「？」

すぐにふいと目を逸らされ、なんだ？　と首を傾げる。が、次の瞬間、もしやと気づき、横を歩く宮田に声をかけた。

「僕がタクシーで追いかけます」

「あ、ああ。悪い。そうしてくれるか？」

宮田がはっとした顔になり、僕に頭を下げてくる。ハイヤーに四人乗るのは厳しい。一人抜けるのなら一番年少でもあり、しかもビジネスにもほとんど関係ない僕だろうという判断のもと切り出したのだが、再びちらと振り返った宗近専務の頬に笑いが浮かんでいるのを見て、さきほど思いついた考えはやっぱり正しかったんだろうと心の中で僕は一人頷いていた。

推測なので当たっているかどうかは本人たちに聞かなければわからないが、多分ジュリアスと宗近は昨夜あのあと言い争いにでもなったんじゃないだろうか。

ジュリアスに対して宗近は、『秀二』というのは何者なんだと問いつめ、ジュリアスは正直に『三友商事の人間だ』と答えた。

それを宗近は信用しなかったためにジュリアスは彼を、僕が会社の人間と一緒に迎えにきたその場へと連れてきた。宗近はようやく納得したものの、ジュリアスの車に僕が同乗するのは面白くなく、それで自分が同じ車に乗ると言い出した。——そういうことじゃないかと思う。

僕が色目を使っているとでも勘違いしていたりして、と思うと面白くなかったが、化学品本部の重要取引先の、しかも役員に喧嘩を売るわけにはいかない。

プレイもしないのだし、行かなくてもいいかと思いはしたものの、小山内部長への『報告』もあるのでそうもいかず、僕は一人タクシーで行くことを選んだのだった。

ぶっちゃけ、一人のほうがずいぶんと気は楽だ。どちらかというとあの二人の車に乗る宮田のほうが、どれだけ神経を使いまくるかと思うと気の毒な気がする。

「……がんばってください」

それでそう小声で告げると宮田はうんざりした顔になりつつも、

「せいぜいがんばるよ」

と前を歩く二人に聞こえないよう、更に小さな声で答えてくれたのだった。

タクシーの運転手は早朝からの長距離に機嫌がよく、あれこれ話しかけてきたが、僕が生返事ばかりしていると眠いとでも思ってくれたようでやがて静かになった。

生返事の理由は睡魔ではなく、当然ながら宗近とジュリアスについて考えていたためだった。

やはりあの二人はいわゆる『そういう』関係だった、ということで間違いないだろう。ジュリアスは色恋を利用して今回のM＆Aを成功させたんだろうか。まさかそのために宗近に近づいたとか？

さすがにそれは穿《うが》ちすぎかと、自分の考えに苦笑する。だが、宗近が寄せてきた好意を利用した可能性は捨てることはできない気がした。

運転手の曽我部がジュリアスを評し、あの若さでトップ企業の役員とは非情な男に違いないというようなことを言っていた。

今のところまだそんなに『非情』な場面には遭遇していないものの、本当に宗近の気持ちを利用し、彼の父親である社長が反対していた小田製薬の買収を成功させたのだとしたら、非情、といえるかもしれないな、と思う僕の口から溜め息が漏れる。

非情、というよりは、えげつないといったほうがいいか。こつん、と窓ガラスに額《ひたい》をぶつけ、今、どのあたりを走っているのかと見やった僕の頭に、今回の件は小山内部長に報告しておいたほうがいいかという考えが浮かんだ。

早速スマートフォンを取り出し、部長宛にメールを作成し始める。

ゴルフには予定どおり向かっているが、当社の車に宗近専務が急遽同乗することになったこと、化学品の宮田部長付は、ジュリアスが宗近専務の部屋に世話になっていることを知らないので戸惑っていること――最後に僕は、昨夜の件も書こうかと迷い、そこまではいいかと思い留まった。

同時に、自分の見たところでは宗近とジュリアスは恋愛関係にあるようだ、という文章も削除する。主観は必要ないかと思ったというより、なんだか陰口のようで嫌だった、というのが消した理由だったが、わざわざ書かずとも小山内はきっと感じ取るだろうなと思いながら送信した。

ゴルフ場に到着すると、ジュリアスは貸クラブの調子をみたいと早くも打ちっ放しに行っていた。宗近も付き添っているという。

宮田もプレイはしないので、ロビーで僕が到着するのを待っていてくれたのだが、辟易《へきえき》したふうの彼の表情を見て僕は、車中の雰囲気を察した。

「もう、びっくりしたよ。ここは深夜のタクシーかって感じでさ」

小田製薬と当社のスタートを見送ったあと、宮田は声を潜め往路の車中の様子を教えてくれた。

「後部シートでずっと二人、手、握ってるんだぜ。俺や運転手に聞こえないようにってことなのかもしれないが、お互いの耳元で囁き合って、まさにいちゃいちゃというか……ほんと、いたたまれなかった。あれはうん、アレだね、やっぱり」

『アレだね』というのが『デキているね』という意味であるのは勿論わかった。敢えて言葉に出さない意図もわかっていた僕は、その確認はとらず、

「そうなんですか」

と頷くにとどめた。

「車降りるとき、小田専務に睨まれちゃったよ。喋るなってことなんだろうが、今回の買収は専務が超乗り気だったことを思い出してさ、まさかとは思うけど、理由は『コレ』かと邪推しちゃったよ」

「………どうなんでしょうねえ」

僕も邪推していただけに、相槌《あいづち》がどうにも嘘くさくなる。その辺は宮田もわかっているようで、

「ちょっと話題がタッチーすぎるよな」

と笑うと話を明日の飛驒高山へと逸らした。

「明日は俺も、それにウチの若手の大宮《おおみや》も同道することになったから。大宮が何度か飛驒高山のアテンド経験があるから、すべて彼におんぶにだっこできるはずだよ」

「それはよかったです。僕はまだ行ったことがないので」

勉強せねばと思っていたのだったと続けると、宮田がまた、複雑そうな表情となった。

「もしかして彼、長瀬君を口説こうとしていたのかな」

逸らしたはずの話がまた戻っている。

「ミスター・ラクロワが一緒に温泉に行きたいのは君だけなんじゃないかと思わないでもないよな」

「昨日誰が同行してもいいとおっしゃってたじゃないですか」

実際ジュリアスには、冗談かもしれないものの口説かれてはいたので、正直温泉に一緒に行くのを憂鬱《ゆううつ》には感じていた。

それだけに宮田や大宮の同行はありがたいことこの上なかったのだが、だからといって宮田の言葉を肯定するのも躊躇われる。

それで昨日のジュリアスの言葉を引き合いに出したが、宮田は、

「いやいやいやいやいや」

と思いっきり首を横に振ってみせ、彼の持論をまたぶちはじめた。

「最初からなんか違和感はあったんだよ。君だけ名前で呼びたがったりさ。で、今日の小田専務とのなにやら怪しい雰囲気見て、ピンときたんだ。狙《ねら》われてるのは長瀬君、君だったんだなって。小田専務も男にしちゃ綺麗な顔をしているし、ああいうのがミスター・ラクロワ

のタイプなら、君もドンピシャなんだろうなって」

「……僕はどんなリアクションをすればいいんですか」

心底困って言ったというのに、宮田はそれを聞いて爆笑した。

「ごめんごめん、確かに困るよな」

半分は冗談だ、と笑いながら宮田は僕の肩を叩くと、

「あとの半分は、まあ、なんだ。そういうわけで明日の同行者を増やしたんだ。俺も本気で何かあると思ってるわけじゃないが、保険としてな」

と片目を瞑ってみせる。

「……なんか……すみません」

僕が謝るのもなんだが、と思いつつも頭を下げると、

「君のせいじゃないから」

宮田は苦笑しつつ、

「しかし参ったねえ」

こんなことはレアケースだよと肩を竦めた。

昼食時にジュリアスと宗近とは一瞬顔を合わせたが、会話を交わすことはなかった。ジュリアスが声をかけてこようとしたのを宗近が遮ったためで、その後凄い目で宗近に睨まれたところを見ると、やはり彼は僕に対し、必要のない嫉妬心を抱いているのかもしれなかった。

僕が到着したときには既に二組ともコースに出たあとだったために気づかなかったが、今日、出席予定だった小田社長は欠席していた。

やはり買収には反対だという意思表示なのではと僕はつい考えてしまったのだが、昨日転んで足を挫《くじ》いたためだと宮田に説明され、さすがにもう腹を括《くく》っているかと、こっそり首を竦めた。

そういや木曜日に訪問した際にも、社長はジュリアスをすっかり気に入っていた様子だったと、そのときの光景も思い出す。

しかしその社長も今『べたべた』という表現がぴったりくる、自分の息子とジュリアスの様子を前にすれば、やはり、ぎょっとするんじゃないだろうか、と、つい余計なお世話なことを考えてしまうほど、宗近とジュリアスは周囲から浮きまくっていた。

ゴルフコンペが終了したのは夕方で、結果はジュリアスの優勝だった。ジュリアスと宗近は共にシングルプレイヤーで二人はハンデなしだったが、今日、ジュリアスは七十三という僕が見たこともないようなスコアで回っていた。

因《ちな》みに宗近は八十と、こちらも凄くいいスコアで、宮田が誉めると、

「ジュリアスにフォームを直してもらったからかな」

と嬉しげに答え、宮田の顔をひきつらせていた。

入浴などをすませ、軽い懇親会をしたあと、宗近が宮田にジュリアスは自分の車で帰るか

ら、と言ってきた。プレイ中に社有車を呼んだようである。

「わかりました」

反対する理由は一つもない。ジュリアスが日本滞在中に世話になっている『友人』は宗近とわかったし、同じ場所に帰るのならとすぐに宮田は了解した。

「ありがとう」

宗近は上機嫌だった。にっこりと、それは晴れやかに笑うとジュリアスを振り返る。

「それじゃ、ジュリアス。帰ろう」

「ああ」

ジュリアスはごく自然に宗近の腰に腕を回すと、なんだかなあと自然と顔を見合わせていた僕と宮田を振り返った。

「それじゃあ宮田さん、秀一、また明日。飛驒高山、楽しみにしているよ」

「あ、はい」

「よろしくお願いいたします」

僕と宮田が慌てて頭を下げる。

「飛驒高山……？」

その瞬間、宗近の表情が一変した。

「明日予定があると言っていたのは、それだったのか？」

今までにこやかに微笑んでいた宗近の端整な顔は今や、鬼の形相になっていた。

「ああ、そうだよ」

ジュリアスがさも当然、というようにあっさり頷く。

「聞いていないよ」

「滞在中のすべての予定を君に説明しているわけじゃない。今までだってそうだっただろう？」

ジュリアスの顔には笑みがあったが、目は笑っていない気がした。不機嫌、というより、呆れているように見える。傍《はた》で見ている僕にわかるくらいだから、会話をしている当の本人である宗近が感じないわけがなかった。

「誤魔化そうとして！　元々休日は僕と一緒に過ごせるよう調整するって言ってたじゃないか！　それがなぜ飛騨高山に？　話が違うじゃないかっ」

「別に誤魔化しているわけじゃないよ。客先との打ち合わせの最中、雑談で飛騨高山の話を聞き興味を覚えた。だから三友商事にアテンドを依頼した。それだけのことだ」

「なぜ僕に頼まない？　行きたいのなら僕と行けばいいじゃないかっ！」

「君と行かなきゃならない理由は？」

激高する宗近に対し、ジュリアスは実に冷静だった。

『冷静』というよりも『冷酷』といってもいいようなクールさで、ジュリアスが宗近の言葉を遮る。

「な……っ」

それを聞き、宗近が絶句した。彼の顔からみるみるうちに血の気《け》が引いていく。

「今回の来日の目的は勿論、小田製薬との――君の会社との契約締結がメインではある。だがすべてじゃない。ほかにも用事はあるということは最初から説明してあるだろう?」

「仕事の予定なら口出しはしないよ。でも飛騨高山は仕事か? プライベートじゃないのか?」

「仕事でもプライベートでも、君には関係ないだろう」

ジュリアスがきっぱりと言い捨てる。

「……ひどい……っ」

今やジュリアスの顔には笑みのかけらもなかった。眼差しは冷たく、歪《ゆが》んだ口元は蔑《さげす》みすら感じさせる。

一方、宗近は酷いショックを受けているようで、顔面蒼白になっていた。

わなわなと唇を震わせ、呟いた宗近の言葉を、

「酷い?」

とジュリアスが拾う。

「何が酷いのか、わからないな。なぜ君にすべてを話さなければいけない? 君と僕は確か

にビジネスパートナーだが、僕のビジネスパートナーは君だけじゃない。すべて手の内を明かす必要などないだろう？」

「ビジネスパートナー！　僕らはパートナーじゃないのか？」

宗近が悲愴《ひそう》な声を上げる。

「ああ」

だがジュリアスがいとも簡単に頷くと彼の顔は今度、みるみるうちに真っ赤になっていった。

「騙《だま》したんだなっ」

吐き捨てる彼に対し、ジュリアスは未だ冷静だった。

「人聞きの悪いことを言わないでくれ」

不快そうな顔にはなったものの淡々とした口調でジュリアスは対応している。

そんな二人を僕と宮田、それに当社の名古屋支社長や化学品本部長も、そして小田製薬の役員や社員たちも、口を出すこともできず、はらはらと見守っていた。

「事実じゃないか！」

宗近が怒声を張り上げ、ジュリアスを憎々《にくにく》しげに睨む。が、ジュリアスが肩を竦め、馬鹿馬鹿しい、というように溜め息をついたものだから、宗近の怒りは更に増幅したらしい。

「そっちがそのつもりなら、もういい！　買収の話もこれまでだ！　誠意のない人間と契約なんて結べるものかっ」

「せ、専務……っ」

「小田専務、それは……」

途端に小田製薬の人間たちと、そして当社の名古屋支社長が慌てて宗近に駆け寄っていく。

「契約締結は明後日だ。父にサインをさせなければいい。そうだろう?」

勝ち誇ったように告げる宗近に、小田製薬の社員も、当社の支社長もますますおろおろし、

「専務、落ち着いてください」

と声をかけている。

まさかこんな展開になろうとは、と僕は内心呆れ果てていたのだが、それを顔に出すのはさすがに堪えていた。

宮田も同じ気持ちのようで、目が合うとつい二人して溜め息をつきそうになる。それもまた堪えつつ、当事者のジュリアスへと視線を向けた僕の目は、信じがたい光景をとらえた。

なんとジュリアスは——笑っていたのだ。

「君の頭の悪さには本当にがっかりした」

その笑みははっきりした『冷笑』だった。

「なんだと⁉」

それを聞き、宗近が尚もわめき立てようとした、その声をジュリアスの冷たい声が遮る。

「明後日の契約締結はいわばセレモニーだ。もしこの段階でM＆Aを断るというのなら、我

が社は賠償を請求するよ。裁判も勿論辞さない構えだ。失礼ながら小田製薬には訴訟に耐えうるだけの体力はない上、契約を白紙に戻す理由が君のわがままでは裁判にだって勝ちようがない。社長はどう判断するか、頭の悪い君にもわかるだろう?」

「…………」

それこそ理解の悪い相手にするように、ゆっくりした口調で告げられた言葉を聞くうちに、宗近は声を失っていった。

酷いな——確かに宗近の態度は大人《おとな》げないとは僕も思った。が、社員や取引先の目の前で、こうも叩きのめさなくてもいいじゃないか、と思わないではいられない。

もしもこの買収のために宗近の好意を利用しているのだとしたらなおさらだ。そこは僕の想像にすぎないわけだが——と、そんなことを考えていた僕を仰天させることが次の瞬間起こった。

「……死んでやる……っ」

押し殺したような声で宗近がそう告げたかと思うと、

「専務?」

と声をかける彼の部下を振り切り、その場を駆け出していってしまったのだ。

「専務っ!」

「小田専務!」

小田製薬の人間が、そして当社の人間が慌ててあとを追う。宮田も走り出したので、僕も彼に続こうとしたのだが、そんな僕らの背にジュリアスの信じられない言葉が刺さった。

「放っておけばいい。馬鹿馬鹿しい茶番だ」

「茶番って……っ」

衝撃が大きすぎたために僕は思わず振り返ってしまった。宮田も思いは同じだったようで、僕のように声には出さなかったものの、驚いた様子で振り返っている。

「死ぬわけがないということです。悪いが予定どおり御社の車で送ってもらえますか？」

何事もなかったかのように、しかもにこやかにそう告げてきた彼に僕は絶句し、何も言うことができなかった。

「ホテルの手配もお願いします……ああ、ホテルくらい、自分でとることにしようか」

苦笑しつつそう告げるジュリアスを前に僕と宮田は顔を見合わせたが、やはり二人して言葉を発することができなかった。

なんて男だ――桐生と一瞬でも似たタイプかも、と思った自分が情けない。

本当に信じられない、と僕は、僕より先に立ち直ったらしい宮田が、

「いや、ホテルは当社が用意しましょう」

と顔をひきつらせ、手配をかけはじめたのに、真の商社マンはこうあるべきかと感心しながらも、自分はまだその域に達せずにいる、と思わずその場にいる誰もの耳に届くような、

深い溜め息を漏らしてしまったのだった。

それからが大変な騒ぎとなった。宗近が行方《ゆくえ》不明になってしまったのである。ゴルフ場から社有車で立ち去った彼は車をＪＲの駅で停《と》めさせ、運転手の制止も聞かずに電車に乗り込んでしまったらしい。

小田製薬の人間はゴルフ場内でしばらく右往左往していたが、ここにいても仕方がないと判断を下し、三友の我々に平身低頭して詫びながら去っていった。

支社長や化学品本部長も動揺しつつも帰ることになり、ジュリアスは宮田がホテルへと送っていくことが決まった。

僕は自分で志願して、しばらくゴルフ場に留まることにした。万が一にも宗近が戻ってきたときのためである。

「必要ないよ」

ジュリアスはどこまでも冷たかった。一緒に帰ろうという彼の誘いを僕は、

「心配ですので」

と断ったのだが、続くジュリアスの発言には、嘘だろ、と思うあまり返答できない状態に

陥ってしまったのだった。

「そう、それならまた明日。君と訪れる飛騨高山を楽しみにしているよ」

「………」

行く気なのか、と驚いたのは勿論僕だけではなかった。傍《そば》にいた宮田もぎょっとしたようにジュリアスを見ている。

「どうした？　そんな顔して」

素でわからない、というようにジュリアスが目を見開く。

「いえ、その、宗近専務の行方がまだわかりませんので……」

本当に心配ではないのだろうか。僕にはその感覚が信じられなかった。

「彼は純粋培養のお坊ちゃんだから。そのうちに実家に戻るんじゃないかな。他に行くあてもないだろうしね。うん、賭けてもいい」

あはは、とジュリアスが笑う。

『賭ける』なんて、そこまでふざけていいと思っているのか——顔に出さないのがサラリーマン。わかってはいたが、今、僕は自分がそうできている自信がまるでなかった。

「……さすがに不謹慎では……」

宮田も腹立ちを覚えたようで、ぼそりと聞こえないような声でそう告げる。

「なに？」

わざとらしく聞き返してきたジュリアスに、

「なんでもありません」

と答えた彼の顔に笑みはなかった。

「それじゃあ、長瀬君、お願いするよ」

「はい」

僕に声をかけ、ジュリアスを車へと促す。

「それじゃあね、秀一」

ウインクをして去っていくジュリアスに僕は頭を下げるのが精一杯で、笑顔はとても作れなかった。

一人になるとすぐ僕は小山内部長の携帯に電話をかけた。

『今日はゴルフだったね。お疲れ』

「部長、それが……」

何も知らない小山内に僕は一連の出来事を伝え、未だ宗近は行方不明である旨《むね》を伝えた。

『なんとも……酷い話だな』

話を聞き終え小山内もまた、呆れ果てた声を上げていたが、彼の声からは呆れているだけではなくジュリアスに対する怒りも感じられた。

『既に小田社長に報告は行っているだろうが、さすがに内容が内容だからな……父経由で詳細を伝えておくよ。父親ならすぐ行方も突き止められそうだから、わかったらすぐに君にも知らせよう』

「……ありがとうございます」

それじゃあ、と電話を切ろうとした僕の耳に、小山内が呼び止める声が響く。

『ああ、長瀬君』

「なんでしょう」

『ミスター・ラクロワは君にちょっかいをかけているそうだね』

「えっ？」

なぜそれを、と驚いた声を上げた僕に部長がすぐ種明かしをする。

『化学品の部長から報告があったんだよ。この状況ではもうアテンドの必要はないだろう。飛騨高山にも行かなくていいから。話は化学品に通しておくよ』

「……ありがとうございます……」

正直助かった、というのが偽らざる胸の内だった。もうジュリアスとは金輪際《こんりんざい》、かかわりたくない。

それは彼に何かされることを恐れた、というよりも、今や彼のすべてが不快だからという理由からだった。

僕はあまり人を『嫌い』と感じることがない。別にいい子ちゃんぶってるわけではなく、多分人より鈍感なのだ。

自分が他人に対し、こうも嫌悪感を抱けるとはと、ある意味僕は感心してしまっていたが、あの場にいた人間は全員、ジュリアスに対し嫌悪感を抱いただろうという思いもあった。

現に宮田も——商社マン、否、サラリーマンの鑑《かがみ》のようだった彼も最後のほうでは、しっかり顔に出てしまっていたように思う。

いくらやり手であろうとも、人としてどうなのかと思ってしまう。宗近の僕に対する態度は決していいものではなかったが、それにしたってジュリアスの彼に対する態度は酷い、と心から憤ることができた。

『嫌な思いをさせて悪かった』

声で僕の憤りを感じたのか、部長が電話越しに謝ってくる。部長が謝るようなことじゃない、と僕は慌ててそう告げたあとに、ゴルフ場が閉まるまではこの場に留まり、様子を見てみると告げて電話を切った。

飛騨高山行きがなくなってよかった。心から喜びながらも、同行する予定になっていた宮田には一人抜けして申し訳ない、と心の中で両手を合わせる。

余程のことが——たとえばこのまま宗近が見つからないとか、買収が本当に白紙になるとかがない限り、明日は中止にならないだろう。

そしておそらくは、しこりを残したままではあろうが、月曜日には両社の間で買収契約が締結されるに違いない。

なんだかなあ、と思わず口から漏れた溜め息の音が無人のゴルフ場受付に響きわたる。

この時点で僕は、不快ながらもこの件からは綺麗に脱したものだと思っていた。

まさかこの先、とんでもない災厄が我が身にふりかかるなど想像できるわけもなく、ぽつんと一人ロビーのソファに座り、宗近が一刻も早く見つかるようにと祈り続けた。

## 5

一時間ほどして小山内《おさない》部長から電話が入った。宗近《むねちか》が見つかったという。悔しいことに宗近は、ジュリアスの言ったとおり実家へと戻ったとのことだった。

「よかったですねー」

はあ、と大きく息が漏《も》れる。僕も彼の『死んでやる』を本気にしていたわけじゃない。でも万が一ということもある、と案じていたのだ。

安堵《あんど》したのは小山内も一緒で、

『事件報道されるようなことにならなくてよかったよ』

と溜《た》め息《いき》を漏らしていたが、その言葉の裏に姫宮《ひめみや》課長の件があることは言われずともよくわかった。

「それではこれから帰ります」

『長瀬《ながせ》君、悪いがこれから会社に来てもらえるかな』

「あ、はい。わかりました」

多分、詳細を電話やメールではなく直接聞きたいのだろう。察した僕は了解の返事をし、電車で帰るつもりなので帰社時間が読めた時点で連絡をすると告げ電話を切った。

乗り継ぎが思いの外上手《うま》くいき、一時間ほどで到着することができた会社では、小山内が一人僕を待っていた。

「本当に今回は迷惑をかけたね」

頭を下げてきた小山内に、

「部長のせいじゃありません」

と慌てて駆け寄る。

「悪いが木曜日の、ミスター・ラクロワ到着に遡《さかのぼ》って、詳細を教えてもらえるかな」

「はい」

問われるがまま僕は、思い出せるかぎりジュリアスの言動を小山内に説明した。

小山内が特にこだわったのは、ジュリアスと宗近のやりとりだった。

「痴情《ちじょう》のもつれとしか思えないな」

マンションで最初に会ったときの態度から、翌朝、いきなり車に同乗すると言い出したことといい、車中では人目もかまわずいちゃいちゃしていたという宮田《みやた》の話といい、二人の関係はただの『ビジネスパートナー』じゃないことは明白である。

だめ押しとなったのが、本当に『痴話喧嘩』そのものだったゴルフ場でのやりとりだったとわかると、小山内は、やれやれ、と大きな溜め息をつき、再び、

「そんなことに巻き込んで、申し訳なかった」

と僕に頭を下げて寄越した。

「部長が謝ることじゃありませんって」

しかも僕にはなんの実害もない。何をもって『害』とするかは人によるだろうが――ハイヤー内でからかわれるというのも充分『害』ではあるだろうが、その程度なら相手が当社のVIP取引先でもあることだし、軽く流せる範疇《はんちゅう》だった。

「父が言うには、小田《おだ》親子のほうが今、大変なことになっているそうだ。社長は頭を抱えていると言っていた。息子の性的指向にはまるで気づいていなかったそうだから」

「……いろんな意味で、大変ですね、これから……」

父親である社長が知ったと同時に、今日あの場にいた皆も知ってしまった。今までは同族会社ゆえ封じられていた社員の口も、M＆A後は難しくなるのではないだろうか。

何よりあれだけ神経が細そうな宗近が、ゲイばれどころか、買収もそれを利用されて、なんて噂が社内外で立った場合、それに耐えられる気がしない。

まあ、余計なお世話でしかないけれど、と僕は小山内に気づかれぬよう密かに溜め息をついた。

小山内とはかれこれ一時間ほど話し、今後は本件にかかわる必要はないからと再度申し渡されたところで、報告会はお開きとなった。

「このあと食事を……と言いたいところだが、父に呼ばれていてね」

僕から聞いた話をそのまま小田社長とは懇意にしている父親に伝える必要がある、と小山内は申し訳なさそうに告げ立ち上がった。

「慰労会はまた改めて」

「いえ、そんな」

お気遣いなく、と首を横に振ったとき、不意に小山内が、

「そういや」

と話題を振ってきた。

「はい？」

「長瀬君はご両親にカミングアウトしているの？」

「えっ」

まさかそんなことを問われるとは思わず絶句すると、

「ごめん、今の質問はナシでいいよ」

小山内が苦笑し、また「ごめんね」と謝る。

「あ、いえ……その、言えてません。弟にはバレてますが」

別に隠すことでもないし、と小山内の恐縮ぶりを見かね、僕は正直なところを告げた。

「弟さんのリアクションは……と聞いてもいいかい？」

小山内が遠慮深く問いかけてくる。

「びっくりしていました……でもありがたいことに拒絶反応はあまりなかったような気がします」

隠していただけかもしれないけれど、と、名古屋に来てからは滅多に会わなくなった弟、浩二《こうじ》の顔を思い出す。

桐生《きりゅう》との関係がバレたときには、男と暮らしているのかよ、と責められはしたが、その後、ちょくちょくマンションに遊びに来ていたところを見ると彼なりに『認めてくれた』ということなんだろう。

ありがたいことだよな、と弟の寛容さに今更ながら感謝の念を抱《いだ》いていた僕の耳に、

「それはよかった」

という部長の声が響いた。

羨望《せんぼう》が混じっているような気がし、もしかして、と問いかける。

「あの、部長は……？」

「できていない。両親ともかなり高齢な上に僕は一人っ子だから、ショックを与えるんじゃないかと思うとつい臆病《おくびょう》になってね」

苦笑する部長の顔に苦悩が見える。軽く聞いてしまって悪かった、と僕は慌てて彼に詫《わ》びた。

「すみません、立ち入ったことを」

「何を言ってるんだか。最初に立ち入ったのは僕だよ」

あはは、と部長が笑い、行こうか、と僕を促《うなが》し無人のフロアを通ってエレベーターホールへと向かう。

「確か小田宗近も一人息子で兄弟はいなかったんじゃなかったかな」

エレベーターを待っている間に、部長がぽつりと呟《つぶや》いた。

「そうなんですか」

あまり考えなく相槌《あいづち》を打った僕は、続く部長の言葉に、あ、と小さく声を漏らしてしまった。

「小田製薬の社長は世襲制だが、自分には跡継ぎは作れない……それが買収に応じる理由のすべてではないだろうけれど、影響したのかなと思ってさ」

「………」

部長の実家も老舗《しにせ》の呉服店で、一人息子の部長は跡を継ぐと周囲から言われている。

同じ境遇だけに宗近にシンパシーを感じたのかもしれないな、と思いはしたものの、それを本人に言うのは躊躇《ためら》われ僕は口を閉ざした。

すぐに来たエレベーターに乗り込み、地下一階の通用口から外に出たところで部長とは別れた。

「お疲れさまです……」

僕はこれから帰るだけだが、部長には父親への報告が待っている。

しかもその内容には、宗近とジュリアスとの関係も含まれると思うと、他人事《ひとごと》ながらやりきれない気がした。

地下鉄に乗り込み自宅を目指している間、空腹を覚え何か食べて帰ろうかなと思いついた。が、面倒だったのでコンビニでちょうど切れていたビールとお総菜を買い、マンションへと向かう。

気づけばずいぶんと夜も遅くなっていたから、マンションの周辺は閑散としていた。ロビーも無人のようだな、と、オートロックを解除し、節電のために薄暗くなっているロビーに足を踏み入れた僕の目に、信じられない人物の姿が飛び込んできた。

「やあ、秀一《しゅういち》」

「………ミスター・ラクロワ……」

どうして、と僕は一瞬、その場に立ち尽くしたのだが、すぐ彼の目的に気づいた。

「小田専務はご実家にいらっしゃると聞いていますが」

ゴルフ場では非情な態度を貫《つらぬ》いていたが、さすがに悪いことをしたと反省し、謝りにきたのではないか——僕はそう推察したのだが、どうもジュリアスに対する認識が甘かったようで、彼の答えはまるで違った。

「宗近に会いに来たんじゃないよ。そうだとしたら既に彼の部屋に入っている」

鍵はこうして預かっているから、とジュリアスがポケットからマンションの鍵を出してみせる。

「……それなら……？」

他になんの目的があるというのか。まるでわからなくなった、と眉《まゆ》を顰《ひそ》めた僕へとジュリアスが一歩、近づいてくる。

「君に会いに来たんだ。明日の飛驒高山《ひだたかやま》に君が来ないと聞いたから。是非とも同行してほしいと誘いに来たのさ」

「………冗談でしょう？」

まさか本当にそのために来たとは思いがたいが、たとえ冗談だとしても不愉快だ。既にかかわらなくていいと言われていたこともあり、僕は自身の不快感を取り繕うことを放棄していた。

腹立たしくて仕方がない。彼に誠意を期待した僕が馬鹿だった。

あんなことがあったのによく、ふざけたことが言えるものだ。思わず睨《にら》みつけてしまっていた僕にジュリアスが、にっこり、と、魅惑的としかいいようのない微笑《ほほえ》みを向けてくる。

「冗談で君の帰りを一時間以上ここで待つと思うかい？」

「失礼します」

相手にするだけ馬鹿らしい。今後、ジュリアスの社との付き合いにおいて僕の言動が問題になったとしたら、公私混同しないのは彼の持論でしょうとでも言ってやる。

宗近には不愉快な態度をとられたものの、どうしても僕は彼に肩入れしてしまっていた。せめて謝れよ、と心の中で呟きつつジュリアスから目を逸《そ》らし一人エレベーターへと向かおうとする。

「待ってくれよ、秀一。君には一目見たときから惹《ひ》かれるものを感じていたんだ。君は僕を誤解している。その誤解を解きたいんだ」

情熱的な言葉を告げながらジュリアスがあとを追ってくる。オートロックでエレベーターホールに入ればきっとジュリアスは続いて入ってくるだろう。

エレベーターにだって一緒に乗り込まれかねない。そのまま部屋までついてこられたら入室を防ぎようがない。

ここで振り切るしかないか、と僕はジュリアスを振り返り、きっぱりとこう言い切った。

「誤解はしていません。僕はあなたにまったく興味はないし、上司からも、もうかかわらなくていいと言われています」

「冷たいことを言わないでくれよ」

ジュリアスは一瞬鼻白《はなじろ》んだ顔になったものの、すぐに余裕の笑みを取り戻すと、一歩、僕へと近づいてくる。

「君の上司に、僕の恋心を邪魔する権利はないはずだけど」

「いい加減にしてください！」

何が恋心だ、と僕は思わず大きな声を上げていた。

「怒るなよ」

ジュリアスが苦笑しつつも、尚《なお》も僕に手を伸ばし、腕を摑《つか》もうとしてきた。

「離せっ」

その手を振り払い、彼を怒鳴りつける。

「僕はあなたの遊びに付き合うつもりはありません」

誰でも思いどおりになると思うな、と睨みつけると、

「心外だな」

ジュリアスがわざとらしく目を見開き、またも僕に手を伸ばす。

「僕は常に本気だよ」

「小田専務に対しても本気でしたか?」

余りに腹が立ったために、宗近の名を出してしまった。

「勿論《もちろん》」

言った僕は『しまった』と思ったというのに、ジュリアスは平然と受け止めただけではなく、平然と言い返してきて僕を激高させた。

「『本気』の意味、わかってます?」

「秀一、君は僕が考えていたよりずっと活発な性格をしているんだね。てっきり綺麗《きれい》なお人

形だと思っていたよ」

結構酷《ひど》い言葉を投げつけたというのに、ジュリアスは少しも応《こた》えた素振《そぶ》りを見せず、尚も僕を揶揄《やゆ》してくる。

「何が人形だ！」

「誉《ほ》め言葉だ。日本語は難しいな。ますます君は僕の好みだと、そう言いたかったんだよ」

言いながらジュリアスは僕の腕を摑んで引き寄せ、強引に抱き締めようとしてきた。

「離せ！　人を呼ぶぞ！」

「呼べばいい。その人は僕らがキスしているシーンを目撃することになるけどね」

そう告げたジュリアスの唇が僕へと近づいてくる。

「やめろっ」

抵抗しようにも力の差が歴然としすぎていて、顔を背けるのがやっとだった。胸を押しやる手ごと易々《やすやす》と抱き締められ、背けた顔を覗き込まれる。

「いやだっ」

キスなどさせるものか、と必死の思いで叫ぶも、ジュリアスの唇はすぐ近くまで来ていた。

彼がなんのつもりでこんな行動に出ているのかはわからない。が、口調からも態度からも彼言うところの『本気』はまるで感じられなかった。

遊びや冗談でのことなら余所《よそ》でやれ。胸の中で燃え滾《たぎ》る怒りに、思うままにならない自分

の身体《からだ》への苛立《いらだ》ちが重なり、

「やめろって言っているだろう！」

堪《たま》らず怒声を張り上げたそのとき、

「ジュリアス！」

高く、ヒステリックな声が周囲に響きわたったのに、さすがに驚いたらしいジュリアスの腕が緩んだ。

僕も相当驚いていたが、思いもかけず生まれた、ジュリアスの手から逃れるチャンスに身体がまず反応し、彼の胸を押しやって距離を置いた。

それから声のほうを見た僕の目に飛び込んできたのは、真っ青な顔をした宗近だった。

「信じていたのに……っ」

わなわなと震える彼の唇から、まるで老人のようなしゃがれた声が漏れる。頰《ほお》も唇も、血の気を失っているように見えた彼がゆっくりと手を上げたのだが、その手にあったものを見て、僕は思わず悲鳴を上げた。

「やめろっ」

宗近は——ナイフを握っていた。

光度を落とされたロビーの明かりの下でも、ナイフの刃はぎらぎらと光り存在を主張している。

「宗近、落ち着け。そんなものを振り回して犯罪者にでもなるつもりか？」

さすがのジュリアスも刃物を前に動揺していた。

「うるさいっ」

じり、とジュリアスが下がった。それが合図になったかのように、身体の前でナイフを構えた宗近が物凄《ものすご》い勢いでジュリアスへと向かっていく。

「危ない！」

気がついたときには身体が動いていた。どんな心理かはそのときにはよくわかっていなかったものの、ジュリアスが刺されるようなことになれば宗近が逮捕され、社会的に大問題になるとでも考えたんじゃないかと思う。

「うわーっ」

奇声を上げ、宗近がジュリアスへと突っ込んでいく。立ち尽くすジュリアスの横に立っていた僕は思い切り彼を突き飛ばしていた。

熱い——。

最初に腹に感じたのは、焼けつくような熱さだった。

「秀一！」

「あ……」

ジュリアスの大声が、宗近の掠《かす》れた微《かす》かな声が響く中、視線を落とした僕の視界をナイフの柄が過《よ》ぎる。

刃の部分はしっかりと僕の腹のあたりに刺さっていた。小さなナイフだし、服越しに刺さったのだし、それほどの傷ではないはずなのに、その光景を見た瞬間、ショックのあまり僕の膝は、がくん、と折れ、そのまま床へと倒れ込んでしまっていた。

「救急車！　救急車だっ！」

慌てるジュリアスの声を聞くうちに、ようやく痛みが下腹から這《は》い上ってくるのを感じ始めた。

刺されたんだ――次第に意識が遠のいていく。

死ぬのかな――？

その考えが宿った瞬間、絶対に死にたくない、と目を開いた――ような気がする。

死んでたまるか。死ねば二度と桐生に会えなくなってしまう。

そんなことには耐えられない――そう思ったのを最後に目の前が真っ暗になり、そのまま僕は深い闇《やみ》の中に沈み込むようにして意識を失ってしまったようだった。


「ん……」

酷く身体が怠《だる》い。瞼《まぶた》を開くのもやっとだ。

こじ開けた瞼の向こうにはまぶしい光が溢《あふ》れていて、また目を閉じようとした僕の耳に、この場にいるはずのない男の声が響いてきた。

「大丈夫か」

「えっ？」

驚いたあまり一気に覚醒《かくせい》し、身体を起こそうとする。

「いてて……」

途端に痛みに襲われ、身を屈《かが》めた僕の耳にまた、先ほどと同じ人物の声が響いた。

「痛むか？」

「夢……？」

夢を見ているのでなければ聞こえるはずのない声だった。

それで思わず呟いてしまったのだが、頭の上で聞こえてきた、くす、という笑い声はとても夢とは思えないほどリアルで、僕はしっかりと目を開き声の主を確かめようとした。

「…………桐生……？」

やっぱり夢だ。夢じゃなければ——と考えを巡らせた僕の脳裏に、宗近に刺されたときの光景が浮かぶ。

「え？　まさか死んだのか？」

そうじゃなきゃあり得ないんだけど、と見やった先では桐生がぷっと吹き出した。

「そのリアクション、面白すぎるだろう」

「……現実？　本物？」

信じられない。どうしてここに桐生が。思わず伸ばした手を、桐生がしっかりと握り締めてくれる。

「本物だ。足もある。お前に会いたくてニューヨークから帰ってきたんだ」

「桐生……っ」

手に感じる温もりが、ようやく僕にこれが現実と認識させてくれた。

信じられない。その思いは未《いま》だ強く残っていたし、笑われたものの夢かもしれないという疑いは完全に捨てられていなかったが、それでも僕は桐生の手をしっかりと握り返し、本人が『現実』という懐かしいその顔を見上げた。

「それにしても何があった？」

桐生が眉を寄せ、問いかけてくる。

「それより、どうしてここに？」

桐生が帰国したとしても、病院に行き着く経緯がわからない。と、桐生はなんたる幸運、という内容を教えてくれた。

「マンションに到着したとき、ちょうど救急車でお前が搬送されるところだったんだ。で、家族だと主張し同乗した」

「家族……」

救急車に同乗できるのは家族だけだと以前聞いたことがあった。桐生もきっとそれを知っていて、うそも方便、と告げたに違いないが、それでも『家族』という言葉には喜びを感じる。

桐生にとってはどうでもいいことだろうなと気づき、僕は、

「なんでもない」

と笑ったのだが、そのときぎゅっと手を握られ、はっとして彼を見た。

「法律上の事実関係はどうあれ、俺は常にそのつもりだ」

「桐生……」

どうしよう。

不意に込み上げてきた涙を持て余し、俯《うつむ》いた僕の額《ひたい》に桐生が唇を押し当てる。

「息が止まるかと思ったぞ。刺されたと聞いて」

「ごめん……心配かけて」

決して僕の本意ではなかったけれど。

そう思いはしたものの、心配をかけたのは事実なので詫びると、途端に桐生がぷっと吹き出した。

「さっき泣いたカラスがもう……の典型だな。いかにも不本意そうな顔してるぞ」

「ちゃんと申し訳ないとは思ってるよ」

謝罪の気持ちは本物だ。その主張を桐生は笑顔で受け入れた。

「わかってるって」

そう言い、唇を塞《ふさ》いでくる。

「ん……っ」

久々のキスにときめきまくる僕の鼓動は自然と高鳴っていった。

「無事でよかった」

感極まったように桐生がそう言い、再び唇を塞ごうとしたそのとき、病室のドアをノックする音がし、キスが中断される。

「はい?」

答えたのは桐生だった。誰だ、と言いたげな不機嫌な口調は棘《とげ》がありまくりで、腕の中にいながらにして思わずびびってしまう。

「失礼」

そう声をかけながらドアを開き、姿を現したのは小山内部長だった。

「部長!」

もう部長の耳にも入っていたのか、と驚いた僕に部長は歩み寄ってくると、ちら、と桐生に視線を向けたものの軽く会釈をしただけで、誰、と問うことなく彼をスルーし、僕に問いかけてきた。

「大丈夫か？　連絡をもらって驚いた。看護師の話によると命に別状はないということだが、一体何があった？」

「はい、実は……」

顔面蒼白になっていた部長に僕は、未だぼんやりした頭のままではあったけれど、一生懸命思い出しながら一連の出来事を説明した。

マンションでジュリアスが僕を待っていたこと。二人で揉《も》めているところに突然、宗近専務が現れたこと。

彼はナイフを持っており、ジュリアスに切りかかった。それで彼をかばった結果、刺されてしまった。

なぜかばったのか。話しながら僕はその答えを自分の中に探していた。

別にジュリアスへの思い入れはない。どちらかというと彼には未だ、嫌悪感を抱いている。

そんな彼をかばったのは、多分、宗近を犯罪者にしたくない。その思いからだった。

そう気づいたと同時に僕は、小山内部長にこう問いかけずにはいられなかった。

「宗近専務は？　まさか逮捕とか、されています？」

「いや、警察に連行されたとは聞いているが、逮捕されたという報告はまだ来ていない」

戸惑いつつも即答してくれた部長に僕は、

「僕が訴え出なければ、逮捕はないですよね？」

と確認をとった。

「傷害事件だからね。逮捕はあるかもしれないが、起訴はされずに罰金で済むだろう」

部長はそう答えたあとに、

「訴える気はないと？」

意外そうな顔で問いかけてくる。

「はい」

頷《うなず》くと彼はますます不審そうな顔になったが、すぐ、はっとした表情となり、言葉を足した。

「僕の父が小田製薬の社長の友人だからといって、気を遣う必要はないんだよ？」

「それだけじゃありません……でも被害届けを警察に出す気はありません。事故か何かで処理できないんでしょうか。そのほうが小田製薬も……それに当社も、望ましい形になるんじゃないかと思うんですが」

「君がそう言うのなら、被害届けは出さないが……」

本当にいいのか、と問うてくるのに、

「はい」

きっぱりと頷くと、小山内は「わかった」と微笑んだ。

「その旨《むね》、警察には伝えておく。ただ君も事情聴取は受けることになるだろうから、覚悟しておいてくれ」

「わかりました」

頷くと小山内もまた微笑み返してくれ、ここでようやく桐生へと視線を向けた。

「邪魔をして悪かった。君が桐生君かな?」

「……あなたは?」

名乗る前に名を言われたことで桐生は違和感を覚えたらしいが、すぐに、ああ、と察した顔になると、

「小山内部長ですか?」

と問い返した。

「お互い、自己紹介は不要みたいだね」

小山内が苦笑しつつ、僕を見る。いたたまれないなと思いながら僕は「すみません」と何に対するものかわからない謝罪をしてしまった。

姫宮の件があったから、小山内には桐生のことを、桐生には小山内のことを話していた。小山内は特に桐生に対し、思うところがあるんじゃないかとわかるため、僕までつい緊張してしまう。

桐生がかつて姫宮を冷たく捨てた。それが姫宮にとっては深い心の傷となり、ついには自殺を図るに至った。

勿論、桐生だけに責任があるわけではない。大人が二人、それぞれの意志で付き合い、別れたのだ。小山内部長もすべて桐生のせいだと思っているわけがなかったが、理性ではそう思えても感情的にはやはり、許せないという思いが芽生えても不思議ではない。

――が、小山内はどこまでも大人の対応をした。

「邪魔者は退散しよう。医師の話では全治十日ほどだそうだ。傷が深くなくて……そして急所をはずれてくれて、本当によかった」

「………ありがとうございます」

頭を下げる僕に小山内は「それじゃあね」とウインクをし、桐生には会釈をして病室を出ていった。

バタン、とドアが閉まったと同時に、桐生が抑えた溜め息を漏らす。

「……桐生……?」

姫宮のことを気にしたのかな――そう思い問いかけた僕に、桐生は視線を戻すと、なんでもない、というように首を横に振った。

彼の顔に微笑みはあったが、その裏には尽きせぬ罪悪感が見える。僕は手を伸ばし彼の手をそっと握った。

償《つぐな》いの気持ちはきっと、小山内部長にも、そして姫宮本人にも、いつか伝わると思う。

大丈夫だよ、と強く握り締めると桐生はふっと笑い、僕の手を握り返してくれた。

「俺がお前を力づけなきゃいけないのにな」

ぼそ、と告げた桐生の声が病室内に響く。

「力づけられたよ。まさか会いにきてくれるとは思わなかったし」

こうして顔を見て、そして直《じか》に触れている。それだけでもう、刺された痛みなど失《う》せた気がする。

さすがにそれは言い過ぎか、と、つい笑ってしまった僕の手を、桐生がぎゅっと握り締める。同じく僕もぎゅっと握り返しながら、自分が今、いかに幸福感に満ち足りているか、どうやったら桐生に伝えることができるだろうと、幸せな悩みに浸っていた。

# 6

しばらくして病室に刑事が来た。事情聴取だったが、僕が一貫して『被害届けを出す気はない』と主張すると、首を傾《かし》げつつ帰っていった。

「なぜ訴えない？」

僕の病室は個室だったので、刑事が帰るとすぐ桐生は理由を問うてきた。

「別に疚《やま》しいことはないんだろう？」

「ないけどさ」

笑いながらも、半分くらいは本気で聞いてきたとわかる桐生を軽く睨むと、僕は自分の考えを説明し始めた。

「上手く言えない上に、なんだか上から言ってるみたいでいやなんだけど、僕は多分、加害者に……小田宗近専務に同情したんだと思う。ああ、同情というのとはちょっと違う。同調、かな。気持ちはわかるというか……これで彼の社会人としての人生が終わってしまうようなことになったら、気の毒だと思ったというか……」

「ナイフを振り回した時点で充分『終わってる』とは思うけどな」

肩を竦《すく》める桐生に、

「それはそうだけど」

と僕も苦笑する。

「でも……なんか、誰もが陥りそうな過《あやま》ちだと思ってしまったんだ」

「俺はジュリアスとかいう男のようなことはしないぜ？」

むしろ軽蔑《けいべつ》する、と、桐生がむっとしていることを隠そうともせずにそう言ったかと思うと、じろ、と僕を睨んできた。

「わかってるよ。別に桐生に捨てられると思ったわけじゃないし」

そんなわけがない、と思わず吹き出してしまう。

「じゃあ誰に捨てられると思ったんだよ」

すかさず桐生に問われ、僕は相変わらず上手く言葉にできないことに苛立ちつつも、自分の考えを彼に説明していった。

「僕が当事者になるっていうわけじゃなくて、それこそ、宗近専務がジュリアスの犠牲になることはないんじゃないかと思ったんだ。彼のしたことは酷いと思う。部外者が口を出すべきではないとは思うけれど、彼が仕事のために専務の心をもてあそんだのだとしたら、許せないと思った。あんな男のために人生を棒に振ってほしくないと、どうしても思ってしまったんだ」

「ずいぶんと嫌われたものだな、ジュリアスは」

桐生は苦笑していたが、呆《あき》れている様子はなかった。

「久々に『嫌い』と思える人間に会ったよ」

そう言うと桐生は珍しく、声を上げて笑った。

「珍しいな、お前にしては」

「だって酷いんだよ」

誠意のかけらもない態度。恋を遊びか、ビジネスと割り切る男。

嫌いにならないわけがない、と息巻く僕を見下ろし、何が可笑《おか》しいのか、桐生がぷっと吹き出す。

「なんだよ」

問い返したそのとき、コンコン、とドアをノックする音が響き、返答を待たずにそのドアが開いたものだから、二人の視線はそちらへと向かった。

「失敬。今、いいかな」

ドアから室内に足を踏み入れてきたのはなんと、今の今まで噂をしていたジュリアスその人だった。

「……どうぞ」

いくら嫌いでも無視はできまい。我ながら不機嫌な口調で入室を許すと、ジュリアスは晴れやかな笑みを浮かべながら僕の座るベッドへと近づいてきた。

「今回は本当に災難だったね。君に傷を負わせることになった責任は勿論、僕がとるつもりだ。いや、是非とらせてほしいと思っている」

笑みを引っ込め、真摯《しんし》な口調で告げる彼の言葉はあまりに上《うわ》っ面《つら》をなぞったものだった。

「たいした傷ではありませんし、結構です」

きっぱりと告げると、ジュリアスは戸惑った顔になった。

「いや、でも君は僕のかわりに刺されたんだし……」

「僕が勝手にしたことですので」

お気遣いなく、と言葉を続け、退出を促す。

「話を聞いてくれ、秀一」

「馴《な》れ馴《な》れしく彼のファーストネームを呼ぶな」

僕が言い返すより前に、桐生が口を開いていた。

「桐生……」

「君は？」

ジュリアスがいかにも不快そうな顔で桐生に名を問う。

「長瀬の恋人だ」

きっぱりと言い切る桐生に照れてしまう。が、訂正を入れる気はなかった。

「名前は？　勤務先は？」

ジュリアスが問いを重ね、桐生が答える。

「役職は？」

さすがに失礼だろう、とむっとしたのは僕だけで、桐生はすらすらとジュリアスの問いに答えていた。

「僕もステップアップのために君の会社に勤めていたことがある」

ジュリアスがにっこりと微笑み、桐生を、そして僕を見る。

「…………」

ステップアップ――いやな感じだな、とむっとしたのは僕だけだったようだ。桐生は相手にする素振りも見せず、平然としていた。

「はずしてもらえないかな？　僕は秀一に話がある」

そのことにむっとしたらしく、ジュリアスが居丈高《いたけだか》にそう告げ、キッと桐生を睨んだ。

「どうする？」

桐生が僕に問いかける。話なんてない。首を横に振ると桐生はジュリアスへと視線を戻し、ニッと笑いかけた。

「だそうだ」

「…………秀一、頼むから僕の話を聞いてほしい」

ジュリアスが真摯さを前面に押し出し訴えかけてくる。

彼の『真摯』が見せかけであることは、最早《もはや》わかっていた。指摘してやろうかとも思ったが、それより彼に少しも早く退出してほしくて僕は、きっぱりとこう言い切った。

「僕が庇《かば》ったのはあなたではなく小田専務です。小田専務を犯罪者にしたくなかったので盾になったまでですから、本当にどうぞお気遣いなく」

「君にそのつもりはなくとも、僕が君のおかげで怪我《けが》を負わずに——そして命を失わずにすんだという事実は変えようがないよ」

だがジュリアスはしぶとかった。僕の意図をわかった上で気づかぬふりをし、会話を続けようとする。

厚顔無恥という言葉は彼のためにあるんだろう。普通、少しは恥じると思うのだが、と半ば呆れ、半ば苛立ちを覚えつつも、さらにきっぱり言い捨てる。

「何度も言いますが、怪我は自己責任で、あなたに責任を感じていただく必要はまったくありません。すでに僕はあなたのアテンドからはずれていますので、どうぞお引き取りください」

「秀一、そんなつれないことを言わないでくれ」

悲しくなってしまう、と本当に悲しげな顔になったジュリアスだったが、桐生がぷっと吹き出すとさすがにむっとした表情を浮かべ彼を睨んだ。

「無礼だな。会話を勝手に聞くなんて」

「長瀬が出ていけと言っているのに居座るあなたのほうが無礼で空気を読めない男だと思うが」

「僕は誠意を尽くしたいだけだ」

桐生ははっきりと面白がっており、対するジュリアスはあきらかに感情を露《あら》わにしていた。

器の差が出たなと僕は今度こそ、出ていけという思いを込め、ジュリアスに対し口を開いた。

「誠意を尽くす相手は僕ではないのではありませんか？」

「……それはどういう意味だ？」

当てこすりが歴然としすぎていたからか、または桐生に対するむかつきが更なるむかつきを呼んだのか、ジュリアスは今度、僕をも厳しい目で睨んできた。

「わかるだろう。別に口にしてもいいが」

僕のかわりに桐生がそう言い、肩を竦めてみせる。

「……失礼する」

ジュリアスは憤懣《ふんまん》やるかたなしといった顔をしていたが、これ以上留《とど》まったところで自分にとって望ましい展開にはならないとようやく察したらしく、押し殺したような声でそう告げると部屋を出ようとした。

僕と桐生は彼の後ろ姿を見やり、やれやれ、というように顔を見合わせる。と、ドアに手をかけたジュリアスが二人を振り返り、ますますむっとした顔になりながら、捨て台詞《ぜりふ》とばかりにこう言い捨て、部屋を出ていった。

「秀一、君はいつか後悔するよ。君の恋人だというその男はあきらかに僕より劣る」

バタン、とドアが閉まる。その音に負けじと僕は、思い切り大きな声で叫んでしまっていた。

「そんなわけがあるかっ」

同時に腹に痛みが走り、

「いてて……」

と屈み込む。

「おい、大丈夫か？」

馬鹿か、と呆れた声を出しながら、桐生が僕の顔を覗き込んできた。

「まだ局部麻酔がきいちゃいるだろうが、腹に力を入れればさすがに痛いとわかりそうなものなのに」

「そうだね……そのとおりだった」

でも、怒鳴らずにはいられなかった。

僕は別に桐生に対し、今の発言を喜んでもらえるんじゃないかと期待していたわけじゃない。

でも心のどこかでは『ありがとう』という言葉や、嬉《うれ》しげな笑みを期待していたようだ。

考えてみれば、桐生がジュリアスに勝るなど、僕があえて言わずとも桐生にとっては当たり前すぎて、何をむきになることがある、というような気持ちなのだろう。

同じ目線まで落ちてどうする、と、実はむっとしていたりして。

その可能性に気がつき、恐る恐る桐生を見ると、

「なんだ？」

目を細めて微笑む桐生と目が合った。

あれ、やっぱりちょっと嬉しそうかも。まじまじと彼の顔を見上げると、

「なんだよ」

と苦笑してみせる。

「いい男だなと思って」

「腹を刺された人間がよく言うよ」

僕の言葉に桐生はぷっと吹き出すと、ちゅ、と触れるようなキスを唇に落としてくれた。

「……病室で……」

「わかってるって。それにこれ以上のことをすると、コッチが我慢できなくなる」

久々の逢瀬だけに、と身体を起こす桐生の、男臭い笑みを見上げる僕の胸は、どきり、と大きく脈打った。

「……やばい……僕もだ」

キスしたい。彼の背を抱き締めたい。そして――。

想像するまいと思っても、いや、思えば思うだけ、あられもない二人の姿が頭の中に次々浮かび、ますます鼓動が速まっていく。

「大事をとって今日一日は入院するようにということだったが……」

ぼそ、と桐生が呟いたのに、

「退院しようかな」

すかさずそう言うと、桐生はふっと苦笑してうつむき、すぐに顔を上げた。

「聞いてくる」

パチ、とウインクをするその顔に、また、どき、と鼓動が高鳴ってしまう。

たとえマンションに帰ることができたとしても、さすがにお腹《なか》に包帯を巻いたままじゃ抱き合うことなんてできないだろう。

それでも誰の目も気にしない、二人きりの時間を過ごしたいという願いは僕と桐生には共通のもので、僕は病室を出ていく桐生がいい返事を携え帰ってくることを、その背を見送りながら胸の中で強く祈っていた。


病院側は相当渋い顔をしたようだが、安静にしているのなら自宅療養でも大丈夫という医師のお墨付きをもらい、昼前に無事に退院することができた。

桐生はレンタカーを借りており、彼の運転する車で僕はマンションまで帰ってきた。

実は僕は一つ、気になって仕方がないことがあった。それは勿論、桐生がいつ、アメリカに戻るのかということである。

出張を抜けてきたのだから、戻ることは確定だろう。もしかしてもう日本を出なければならない時間だったらどうしよう。

気にはなるのだが、問えば「そうだ」ときっと答えるに違いないとわかるだけに、その寂しさに耐えられず、渡米のタイミングをずっと聞けずにいたのだった。

聞こうが聞くまいが、桐生は自分のスケジュールを変えたりしないだろう。それに僕もまた、彼には迷惑をかけたくはない。

飛行機は何日の何便なのか。やはり聞いたほうがいいよな、と、マンションに到着する頃になってようやく僕は自分の子供っぽい恐怖心を克服することができ、桐生に問いかけることができた。

「気にするな」

でも桐生の答えはその一言で、

「え、気になるよ」

と再度問うても、笑って流されてしまった。

「もしかして、予定していた飛行機、もう飛んじゃってるとか?」

このリアクションはそうだろう。悪いことをした、と思いつつ問いかけると、笑って否定される。

「それはない」

「じゃあ何日の何時？」

「お前は俺に、そんなにアメリカに向かってほしいのか？」

しつこく聞いたからか、桐生がちょっとむっとしてきてしまったので、質問を打ち切らざるを得なくなった。

マンションに到着すると桐生は僕をベッドに寝かせ、冷蔵庫をのぞいたあとに、

「ちょっと買い出しに言ってくる」

という言葉を残し、マンションを一人出ていった。

最近、自炊をサボっていたもんな、と反省し一人顔を赤らめる。ほとんどストックがない冷蔵庫に桐生はきっと呆れたことだろう。

東京と名古屋、離れて暮らすようになった当初は、僕もちゃんと独り立ちしようという意志を持ち、苦手な料理も一応努力はしていた。

が、やはり仕事が忙しくなると、まず料理が手を抜く事項の筆頭に上げられる。次には掃除だ。洗濯はせざるを得ないためにサボることはないが、当初の『意志』が最近ではずいぶんとぐだぐだになってしまっていた。

とことん、僕は自分に甘い。軽く落ち込みながらも、退院時に看護師に与えられた注意を

思い返した。せめて自分の世話くらいは自分で焼かねばと思ったためだ。

傷は浅いということだった。あの場で失神してしまったのも、傷の深さや痛みからというよりは刺されたショックからだったというのがなんとも恥ずかしい。

縫ったのはたった五針。内臓も傷ついていないので、傷口がふさがればすぐ会社にも行けるようになる。

だからといって、激しい運動などはしないように。当分は安静にしていること。

今日、無理に退院しなくても明日か、どんなに遅くとも明後日には間違いなく退院できると呆れられたのだが、桐生が明日にはもう機上の人になるのではと思ったので無理矢理退院したのだった。

二人きりで過ごしたかった——が、桐生にはかえって負担をかけることになったなと今更の反省をする。

遅いよなと自己嫌悪に陥りつつも、どうしても頬が緩むのは、彼と二人きり、誰にも邪魔をされない時間をこれから過ごせるためだった。それを思っただけで嬉しさが込み上げてきてしまう。

喜んでいる場合じゃないとはわかっていた。警察はまた事情聴取に来ると言っていたし、もしもマスコミに漏れようものなら大騒ぎとなるだろう。

宗近専務の今後も心配なら、小田製薬と当社との今後も心配だし、さらにはジュリアスや彼の会社とだってどんな話し合いが持たれることになるか、現段階では何一つわかっていない。

詳しい事情はすべて小山内部長に伝えてあるし、内容が内容だけに表沙汰《おもてざた》になるとは思えないが、現場に居合わせた——というか、被害を受けたということで、僕自身も社内で多少問題になるかもしれない。

それに数日でも会社を休むことになれば、課の皆に迷惑をかけるのは必至だ。

ナイフの前に飛び出したときにはそこまで考えていなかった。課員たちへの罪悪感が募り、多少無理はしてもできるだけ早く出社しようと心に決める。

決心しただけでなく僕は小山内部長のスマートフォンにメールで退院をした旨と、すぐにも出社するつもりだということを伝えた。

返信はすぐにあり、無理はしないようにということと、自宅のほうがゆっくりと休めるであろうから退院してよかったと思う、と書かれていた。

最後に一言、

『桐生君によろしく』

と書かれており、どう『よろしく』すればいいのかと困惑してしまった。

そうこうしているうちに桐生が帰ってきたのだが、彼は両手に抱えきれないほどの食材を購入していた。

「……こんなに?」

食べきれないだろう。呆れてそう言うと、

「数日分を買ってきたんだ」

と逆に呆れ返されてしまった。

「え？　だって？」

数日、いられるわけじゃないだろうに、と確認しようとし、ああ、僕に作れということか、とすぐに察した。

「ありがとう。頑張る」

「頑張る？　何を？」

桐生が眉を顰め、問い返す。

「料理を」

「お前は怪我人だ。俺がやるさ」

「でも桐生」

何日滞在するつもりなのか。今が聞くタイミングだと僕は思い切って桐生に問いかけた。

「出張、抜けてきたんだろう？　何日も滞在できないんじゃないのか？」

「さっき休暇の申請をした。とりあえず一週間」

「ええっ？　一週間も？　出張は？」

仰天したあまり声が高くなる。と、腹に少し響き、う、と息を詰めた。

「いい加減学習しろよ。五針とはいえ縫ってるんだぞ？」

桐生が苦笑し、ぽん、と僕の頭に掌《てのひら》を乗せた。

「何が食べたい？　なんでも作ってやる」

「……桐生、一週間ってマジ？」

リクエストするより前に、ここは押さえておかねば、と問いかける。

「ああ」

「大丈夫なのか？　一週間も」

「大丈夫だから休んだ」

心配はいらない。桐生は笑っていたが、出張途中で休暇を取るなんて、自分に振り替えて考えてみても無茶がすぎると思う。

だが、桐生はもう僕にそのことについて何も言わせなかった。

「で、何を食べたい？」

「…………パスタ……桐生が得意の」

「わかった。ペスカトーレだな？」

任せろ、と桐生は頷き、キッチンへと向かっていった。

「桐生……」

聞くな、という彼の主張はわかる。だが気になるものは仕方がない。それで僕も彼のあと

を追わずにはいられずキッチンへと向かうと、

「休んでろ」

と追い返されてしまった。

結構、怠くなってきたのでリビングのソファで身体を休める。

明日にも会社に復帰するつもりだったが、この状態ではちょっと無理かも、と僕が弱気になっているうちに、桐生は手早く調理をし、僕のリクエストどおり、否、プラスアルファのメニューを仕上げてくれた。

「すごい」

「凄くはない。普通だ」

「普通に凄い」

揚げ足をとるつもりはなく、素直に感動したのだが、桐生にはそれが伝わったのか、はたまた伝わっていないのか、軽く肩を竦めただけで僕の賞賛の言葉を流した上で、耳の痛い言葉を口にした。

「これが『すごい』となると、日頃の食生活が窺《うかが》えることになるが」

「うん。窺っていい。普通に凄いから」

耳は痛かったが本当に凄いと思ったのだ、と強調する僕の額を桐生は苦笑しつつピンと指先で弾《はじ》くと、

「いて」

と額を押さえた僕のためにダイニングの椅子《いす》を引いてくれた。

「どうぞ、奥様」

「……ありがとう。旦那様」

桐生が好きな『奥様』プレイ？　が早速開始となる。世話になりっぱなしのこともあり
――って、そうじゃなくてもいつも付き合っているが――すぐさまプレイに乗ってあげることにした。

「いつも思うが『旦那様』はちょっと違うよな」

苦笑する桐生に、

「じゃあ、『あなた』？」

と聞いてみる。

我ながらちょっと気持ち悪いなと僕は顔を顰《しか》めたのだが、桐生の感じ方は違った。

「そそられるな」

にや、と笑い、椅子を押してくれながら頬にキスをする。

「桐生のそういう感性、時々ついていかれないかも……」

「それほど特殊な趣味ではないと思うぞ」

あはは、と桐生は笑いながら自分の席につき、二人のディナーが始まった。

僕はさすがにアルコールを飲まずにいたのだが、桐生も僕に付き合ってくれようとしたので、別に桐生は飲んでもいい、と、ほぼ強引にワインを開けさせた。

せっかく作ってもらいはしたが、食欲はあまりなく、フォークが止まりがちになる。

「気にするな」

それでも無理に食べようとしていたのがわかったのか、桐生は僕にそう言うと、起きているのが辛《つら》いようなら寝ているといい、と寝室へと連れていった。

「大丈夫だよ」

「大丈夫って顔色じゃないからな」

「大丈夫だよ」

「俺が大丈夫じゃないんだ」

頼むから寝ろ、と強引にベッドに寝かされる。

「俺はリビングのソファで寝るから」

「うそ。別?」

まさか、という思いが顔に出たのか、僕を振り返り桐生は爆笑した。

「なんだ、その顔は」

「顔?」

「もの欲しげすぎるぞ」

声を上げて笑いながら桐生が再びベッドサイドへと引き返し、

「別にそういうつもりじゃ」

と口を尖《とが》らせた僕の唇に、チュ、と音を立ててキスをする。

「……あ……」

そのまま深い口づけにいくものとばかり思っていたのに、桐生がすぐに身体を起こしたので、思わず声を漏らした僕は、これが『もの欲しげ』ということか、と納得した。

「……な？」

桐生が笑いを堪《こら》えつつ、また、チュ、と触れるようなキスをし、身体を起こす。

「せっかく久々に会えたのに、何も別々に寝なくてもいいじゃないか」

そこまで重篤じゃない。別々なんて寂しすぎるじゃないか、と僕は手を伸ばし桐生の腕を摑んだ。

「この先一週間、ここにいるって言っただろ？」

「……さすがに一週間は長くないか？」

そんなに休んで大丈夫なのか。それが心配なだけで、一週間一緒にいられるのならこんな嬉しいことはない。

桐生の負担や迷惑にはなりたくない。恋人として相応しい男になることを目標にしている僕が、お荷物になるわけにはいかなかった。

「長くないが。お前もそのくらいで会社に行くつもりだろう？」

「僕が出社するまで、いてくれる……つもり？」

それは悪い。申し訳なさすぎる。なので僕は、

「そうだが？」

と、さも当然のように答える桐生に、

「いいよ、それは」

と慌てて断った。

「断られてもいるつもりだ」

「ちょっと待ってくれ」

悪いって。そう言おうとした言葉を桐生がキスで遮る。

「ん……っ」

「お前が気にすることはない。俺がお前の傍《そば》にいたいからいる。それだけのことだ」

「でも……」

「しつこいぞ」

自分でもしつこいと思うが、桐生に考え直してほしくて僕は更に、

「だって」

と言い縋《すが》った。が、しつこさは桐生がもっとも嫌うものの一つだ。あきらかに彼は今、苛

立っていた。

「それじゃな」

ぶすりと言い捨て、部屋を出ようとする彼の腕をまた摑む。

「なんだよ」

ますます不機嫌そうになった桐生に、せめて、と訴えかける。

「一緒に寝ようよ。僕は一緒に寝たい」

「………」

桐生を気遣ったのではない。僕が一緒に寝たいと思うから。

それを伝えたい、と桐生の目を見つめる。

彼には気持ちが通じたと思う。が、桐生は少し困ったような表情になったきり、口を閉ざしてしまった。

「なんでだよ」

まさかの拒絶に思わず、我ながら情けない声が漏れる。それを聞いた桐生は苦笑し、

「違うんだ」

と口を開いた。

「違う？　何が？」

本当にわからなかった。それで問うたのだが、返ってきた答えを聞き、僕はまた、情けな

い声を上げてしまったのだった。

「久々に会った上で同じベッドで寝るというのに、何もできないというのはつらすぎる……そういう意味だ」

「……あ……そうか……」

「わかったか」

なら離してくれ、と腕を振り解《ほど》かれそうになり、慌ててまた摑み直す。

「長瀬」

わかってないのか、と桐生が僕の手を摑み外させようとした。

「すればいい」

「無理だろう」

さすがに、と桐生が呆れた声を出す。

「僕がするよ」

「お前が?」

何を、と問うたあと桐生は、ああ、と納得した顔になった。

「別にいいよ。お前は怪我人だ」

気にするな。桐生は僕に気を遣ってくれたのだと思う。でも、その気遣いは不要だった。

それを伝えねば、と自分の気持ちをできるだけ正直に表現しようと試みた。

「僕がしたいんだ。僕が君を気持ちよくしたい。桐生に負い目を感じてるとか、そういうことはまったくなく……いや、本来なら負い目を感じるべきなんだろうけど、でも本当に、桐生が感じてくれるなら嬉しいというか、ええと……」

とつとつと喋《しゃべ》っているうちに、一体何を言いたいんだか、まるでわからなくなってくる。

「もういい。お前の気持ちはわかった」

と、ここで、ぷっと吹き出した桐生が、彼の腕を摑んでいた僕の腕を上から摑んだ。

「一緒に寝よう」

ようやく了承してくれた彼を前に、嬉しさが胸に込み上げてくる。

「ありがとう」

こんなにも嬉しいことはない。大きすぎるほど大きな喜びを感じているのが声や表情に現れたんだろう。

「喜びすぎだろう」

またも桐生がぷっと吹き出し、僕に唇を寄せてくる。

滅多なことではそんな笑いを見せない彼の表情を何度も見ることができた。そのことに更に喜びを感じながら僕は屈み込んできた彼の背を抱き締め、更なるキスをねだったのだった。

# 7

入浴はさすがにまだ無理だったので、桐生がタオルで身体を拭《ふ》いてくれた。

桐生自身はその後入浴をすませ、ベッドに入ってきた。

「おいで」

「……っ」

もう、反則だ。

甘い声で囁《ささや》かれ、頰に血が上ってくる。桐生は絶対、自分の魅力を自覚していて、一番有効な方法で僕にそれを示してくるに違いない。

抱き寄せられるままに彼の裸の胸に身体を寄せる。バスローブを脱ぎベッドに入っていた桐生の性器がもう、手の届くところにあった。

そっと手を伸ばし、既に屹立《きつりつ》している彼の雄にそっと触れる。

「よせよ」

苦笑する桐生にかまわず握ったそれをゆるゆると扱《しご》き上げる。手の中で彼の雄が今まで以上に硬さと熱を増していった。

「すごい……」

感心するあまり、口から普通に感嘆の声が漏れる。

「……賞賛、ととっていいのかな？」

問いかけてきた桐生は、彼にしては珍しく少し照れた顔をしていた。

どきん、と鼓動が高鳴る。身体の芯に欲情の焔《ほむら》が立ち上ったのがわかった。

——が、さすがにお腹を五針縫っているこの状況では無理だろうと、自身の欲情は放置し桐生に奉仕しようと気持ちを切り替えた。

手でいかせるより、本当ならせめて口でいかせたい。でも屈み込むのはまだちょっときつい、と、僕は手淫《しゅいん》を選んだ。

自慰の要領は勿論わかっている。僕のやり方で桐生が満足してくれればいいけれど、とちらと彼を見上げた先、目を閉じていた桐生の顔が視界に飛び込んできて、またも僕の胸がどきりと高鳴った。

桐生が僕に身を委《ゆだ》ねてくれていると思うだけでいきそうになっている自分がいる。恥ずかしいのでそんなことを悟られたくはなかったが、桐生が気づかないわけがなかった。

「手が震えている」

くす、と笑われ、頭にカッと血が上る。

「震えてないよ」

わざと乱暴に言い捨てたが、今度は語尾が震えてしまい、またくすりと笑われた。

恨みがましく彼を睨みながらゆっくりと手を動かしていく。

熱く太い竿《さお》を扱き上げ、先端のくびれた部分を親指と人差し指の腹で丹念に擦《こす》る。

早くも先走りの液が滲《にじ》みはじめたそこを人差し指の先で少しひっかくようにすると、桐生が抑えた息を漏らした。

「……感じてる？」

我ながらいやらしい問いかけは、浮かれた気持ちが発せさせたものだった。

桐生が僕の手淫で感じているかと思うと、ぞくぞくして仕方がない。僕の雄にも熱が籠《こ》もり始めていた。

「ああ」

苦笑した桐生が僕の手から雄を取り上げようとする。

「ダメだよ」

僕がやる、と僕はぎゅっと彼の雄を握り締めると、勢いよく扱き上げていった。

「……っ」

ふっというように桐生が息を吐き出す、その音がやたらとセクシーに耳に響く。手の中の雄は今にも達してしまいそうなほどの大きさとなっていた。

すぐにいかせるより、快感を長引かせてあげたほうがよくないか？　と気づき、いったん扱く手を止めて根本をぎゅっと握る。

「ん？」

顔を見下ろしてきた桐生は、だが、僕がまた尿道をいじりはじめると、ああ、と微笑んだ。

「なんだか新鮮だな」

いつもとは立場が逆だからだろう。桐生は笑っていたが、こころなしか声が少し上擦《うわず》っていた。

「……ここ、僕もいいから」

言いながら、爪を立ててみる。びく、と桐生の身体が震え、透明な液がそこから盛り上がり、滴《したた》り落ちた。

彼もいいということかな。聞いてみようと思ったが、なんだか『言葉責め』をしているみたいで逆に恥ずかしくなった。

なので問うことはせず、尿道を攻めることに集中する。

竿をまたゆるゆると扱き上げながら、爪を尿道にめり込ませる。

「ん……」

桐生の唇から微かな声が漏れ、僕の手の中で、どくん、と雄が大きく脈打った。

更にぐりぐりと抉《えぐ》ると、びくびくと雄の血管が反応する。耳元で聞こえる彼の息遣いも速まっていた。

「……桐生……」

興奮するその様に、僕の興奮も煽《あお》られる。今、彼はどんな顔をしているのだろうと見上げると、意外にも普通の表情で、なんだ、と少し拍子抜けした。

「なんだ？」

問いかけてきた彼の手が僕の手を上から掴む。

「あ」

「もういい。一人でいくのは寂しいからな」

ふっと笑いながら、再び手を外されそうになり、いやだ、と僕は首を横に振った。

「長瀬」

「桐生のいくときの顔が見たいんだ」

するりと唇から零れた言葉は、実際僕の胸の中にあった気持ちだったが、声として発すると我ながら酷く扇情的なものとなった。

思わず赤面した僕を見下ろし、桐生が呆れたように笑う。

「自分の言葉に照れてどうするんだよ」

「……つくづく、桐生を尊敬する……」

本当に、と、いつもこの手の言葉をさらりと口にする彼に言い返す。

「照れたら負けだ」

「勝ち負けなんてあるのか?」

言い合いながらも僕と桐生の間で、彼の雄を巡る攻防は続いていた。

「もういいって」

「いかせたい」

「お前もいきたいんだろ?」

「僕はいいから」

「いいも悪いも……」

やれやれ、と桐生が溜め息を漏らし、僕の額にキスをする。

「だから別々に寝ると言ったのに」

「……わかった。もうやめる」

このまま争っていると、桐生はベッドを出ていきかねない。それはあまりに寂しいと僕は渋々桐生の雄から手を離した。

「寝よう」

桐生がそっと僕を抱き寄せ、腕枕をしてくれる。

「手、痺《しび》れるよ?」

「大丈夫だ。お前の頭は軽いから」

明らかな揶揄に、

「どうせ、空っぽだからね」

と拗《す》ねてみせると、

「絵に描いたような『お約束』だな」

桐生は笑って僕の額にまたキスをした。

「おやすみ」

「おやすみ」

声を掛け合い目を閉じる。

すぐ傍で桐生の規則正しい呼吸音が聞こえる。あそこまで昂《たか》まっていてそのまま寝るのはつらくないいんだろうか。

かえって悪いことをしてしまったのではという罪悪感が芽生えはしたが、そのうちに寝る前に飲んだ薬がきいてきたのか睡魔が襲ってきた。

あまりにも様々な出来事があった。宗近専務がジュリアスを刺そうとし、それをかばって僕が怪我を負い、病院で目覚めたときには桐生がいた。

すべてが夢であったとしてもおかしくない――いや、夢だった、というほうが逆に現実味がある気がする。

次に目覚めたときには桐生はいなかったりして――冗談として考えたことだったのに、本当にそんな気になってしまい、僕は思わず彼の名を小さな声で呼んでいた。

「桐生」

「なんだ」

呼吸音は寝息のように規則正しかったが、桐生はまだ眠ってはいなかったようで、すぐに呼びかけに答えてくれた。

「夢……じゃないよね？」

問いかけ、何を言っているんだか、と自分の質問の馬鹿馬鹿しさに気づく。

「ごめん、寝ぼけたみたい」

そう言って誤魔化《ごまか》そうとした僕の髪に、桐生は唇を押し当てるようにしてキスすると、

「安心しろ。夢じゃないさ」

それだけ告げ、薄闇の中、ニッと笑いかけてきた。

「……うん……」

僕の不安を笑うことなく受け止めてくれた彼の優しさに触れ、胸に熱いものが込み上げてくる。

本当に僕は幸せだ。しみじみと実感する僕の頭にふと、ジュリアスの顔が浮かんだ。

ビジネスの世界では彼はきっと、珍しいほどの成功体験の持ち主なんだろうとは思う。上昇志向が強く、目的のためなら相手を傷つけることもかまわない。自分への恋愛感情すら利用する。

それで成功を手にしたとしても、彼は果たして幸せなんだろうか。

ビジネスでいかに成功していようが、彼の心は貧しい。遊びや利用価値の有無でしか恋ができない彼こそ、ある意味不幸といえるんじゃないか。

そんなことを考えているうちに僕は桐生の——ビジネスでも成功を収めている上に、僕をこうも幸福感に浸らせてくれる暖かな彼の腕の中で、眠りの世界へと引き込まれていき、朝まで夢も見ないほど熟睡したのだった。


翌日も桐生は一日僕の傍にいて、あれこれと世話を焼いてくれた。

通常、週末に一緒に過ごしているときにも桐生はできるだけ仕事を持ち込まないようにしてくれているのだが、それでも緊急の電話やメールは入ってくる。

だが今回、桐生は僕の前では一度も自分のスマートフォンやパソコンを取り出さなかった。

「仕事、大丈夫なのか？」

出張中だったのに、と僕は何度も彼に尋ねたが、そのたびに桐生はうるさそうな表情となり、

「大丈夫と言っただろう」

とだけ言い捨てる。

あまりにしつこかったからか、とうとう桐生は不機嫌になってしまった。

「問題ないよう、手配はしてきた。そのくらいの責任感は当然あるさ」

「ごめん、わかってるんだ。わかってるけど、でも……」

僕だって桐生が考えなしに行動してるなんて考えちゃいない。だが、一週間も休むことが桐生の立場にプラスに働くとはとても思えないために、つい口を出してしまう。

「お前は傷を治すことに専念しろよ」

桐生は相当むっとしているようだったが、それでも怪我人の僕には気を遣い、声を荒立てるところまでには至らなかった。

それ以降僕は彼に、会社のことや休暇のこと、それにアメリカ出張のことを切り出すチャンスも、そして勇気もなくし、なんとなく二人の間でその話題は持ち出さないというのが暗黙の了解となってしまった。

僕が桐生の休暇を気にするのは、彼のことを思いやっている、というよりは、疚しい気持ちを抱いていることに対する罪悪感が大きい。

一週間、休暇を取ると告げられたときに僕の頭に一番に浮かんだのは、桐生の会社のCEOは快く思わないのではないか、という考えだった。

CEOは桐生をとても気に入っており、近く本国へと呼び寄せるつもりであると滝来《たきらい》から聞いていた。

今回の急な休暇取得でその話が流れるのではないか。それを真っ先に考えたことへの――しかも、喜ばしいと感じてしまったことへの罪悪感から僕は、桐生に休暇を切り上げるようにとしつこく詰め寄っていたのだった。

本当に、自分で自分がいやになる。ここまで自分が自己中心的な思考の持ち主だと、今まで気づいていなかったことが情けない。

桐生にとっては、本社で経営の中枢に入ることは実に喜ばしいことだと頭ではわかっているのに、日本とアメリカ、時差が十四時間もある遠距離をどうしても寂しいと思ってしまう自分がいる。

そんな自分勝手な感情を乗り越えない限り、桐生にとって『相応《ふさわ》しい』恋人になれるわけがない。そこまでわかっているのに感情をコントロールできない自身に僕は、ほとほと嫌気がさしていた。

警察からの事情聴取は、僕本人にはなかったが、小山内部長からの連絡で宗近専務が釈放されたことと、今回の小田製薬のM&Aが不調に終わったことを知った。

小山内部長は同じマンションに住んではいるが、直接訪ねては迷惑だろうと電話をかけてきてくれたのだった。

マスコミ対策は万全で、宗近がナイフを振り回したことは記事にならないという。小田製薬も動いたが、ジュリアスの社が全マスコミに箝口令《かんこうれい》を敷いた、その影響のほうが強そうだ、と部長は教えてくれた。

『ジュリアスから君の見舞いに行きたいので居場所を教えてほしいと再三依頼があったが、断っておいたよ』

それでいいだろう？　と小山内に言われ、僕は恐縮しつつ礼を言ったのだったが、その後買い出しに出た桐生から、なんとジュリアスがこのマンションのロビーに来ていたと教えられ、本当にしつこいなとびっくりしたのだった。

「何か言われた？」

「別に何も。目は合ったけどな」

桐生も無視をしたということだったが、一応、部長に報告は入れておくかとメールをすると、

『パフォーマンスだろうから放っておこう』

というクールな返信がすぐあった。

「確かにパフォーマンスくさいな」

桐生も笑っていたが、それは僕が当面ロビーに降りるような用事がないとわかっていたためだった。

その後、ジュリアスからは携帯に何度か電話があったが、出る必要を感じなかったので無視を貫いた。

ジュリアスが執拗《しつよう》に会おうとしている理由は、自分のかわりに怪我を負わせることになっ

た僕への罪悪感――なんかじゃないことはわかっている。

来日中の退屈しのぎで声をかけたがものにできず、それどころかプライドを傷つけられた。その仕返しに――というのはもしかしたら穿《うが》った見方すぎるかもしれないが、どちらにせよあのジュリアスが『誠意』を示すためにわざわざそんなパフォーマンスをするとは思えなかった。

三日目にジュリアスは僕の携帯の留守番電話に、これから帰国するというメッセージを残して寄越した。

『君のことが忘れられない。近々来日するのでそのときには是非会ってもらいたい』

声はやはり真摯だったが、僕はすぐにメッセージを消去し、この伝言のことは誰にも――桐生にも、そして小山内部長にも言わなかった。口にするだけで不愉快になりそうだったし、国内からいなくなればもう、彼に会うこともないだろうと思ったからだ。

傷によるダメージは最初の診断時より軽く、一日起きていても大丈夫になっていた。激しい運動こそできないが、出社くらいはできそうである。

それゆえ僕は桐生に、休暇を短縮してもらって大丈夫だ、と、久しぶりにタブーとなっていた話題に触れた。

「よかったな」

桐生はまず、僕の復帰が思いの外早くなることを喜んでくれたあとに、こうからかってきた。

「ズル休みをするという選択肢はないのか？」

「まさか桐生の口から『ズル休み』なんて言葉が出るなんて」

仕事人間の君が、と、素で驚いてみせると桐生は「冗談だ」と笑い、それなら自分も仕事に復帰すると言ってくれ、僕をほっとさせた。

週末に入る前、金曜日に出社することに決めると、桐生も金曜に米国への出発を決め、てきぱきと渡航の手続きを取った。

自分であれだけ『休暇は長すぎる』『早くアメリカに戻ったほうがいい』と言っていたというのに、いざ、桐生とまた離れて過ごす日々が続くのかと思うとやはり寂しく、別れがたさが募った。

だがそれを顔や態度に出すことだけはすまいと、僕は心に決めていた。

必ず笑顔で送り出す。そう決意していた僕は、桐生から、出張途中で抜けたせいもあり、帰国は予定より延びるかもしれないと告げられたときにも笑顔で、

「そうなんだ」

と答えることができた。

「気をつけて」

「ああ。お前も無理するなよ」

帰国の目処《めど》が立ち次第、連絡をすると言ってくれた彼は、僕と離れ離れになることに対し

『寂しい』と思っているようには見えなかった。

そんな女々《めめ》しい感情は桐生に似合わない。彼に相応しい男になるにはまず、こうした女々しさから卒業する必要がある。そうはわかっていても、やはり僕の胸には寂しいという感情が抑えても抑えても湧《わ》き起こり、気づけば溜め息が漏れそうになるのを、必死になって堪えていた。

木曜日の夜——桐生と過ごせる最後の夜を僕たちはベッドで抱き合って過ごした。

「やろうよ」

抱き合っているうちにもどかしさがピークに達し、恥ずかしさを堪えつつ僕は桐生を行為に誘った。

「傷口が開くぞ」

桐生が苦笑し、僕をそっと抱き直す。

「大丈夫だよ」

「明日から復帰だろ？　やっぱり行かれません、じゃ格好がつかないと思うが」

「大丈夫」

「俺が大丈夫じゃない」

少し照れたように桐生は笑うと、

「え？」

何が、と問いかけた僕を思いっきり赤面させるような言葉を口にした。

「さんざん我慢してきたからな。優しく抱ける自信がないのさ」

「…………いいよ、優しくしなくても」

そこまで言葉で煽られたら、それこそ我慢なんてできない。しがみついた僕は髪に温かい唇の感触を得、はっとして顔を上げた。

「馬鹿。どれだけ煽れば気がすむんだ」

「煽ってない」

煽ってるのはそっちだろうと桐生を睨むと、

「無自覚か？　始末におえないな」

桐生はそう笑い、チュ、と音を立てて僕の額にキスをした。

「だいたい桐生、盲腸の手術したときにはすぐやったよね？」

懐かしい話を持ち出してでも僕は彼と抱き合いたかったというのに、桐生は乗ってこなかった。

「お前が刺されたのは腹だぞ？　どんな体位でやったとしても相当負担になるだろうが」

ごくごく冷静にそう返され、う、と言葉に詰まる。

「素股なら？　とか言うなよ。お前のことだ。両脚をしっかり閉じようと腹に力を入れるに決まっている」

「……素股って……」

マニアックだ、と呟く自身の頬が赤くなっている自覚はあった。

「奥様は純情だ」

だが桐生に揶揄されるとやはりかちんときて、恨みがましく彼を睨む。

「本当にもう、勘弁してくれ」

と、桐生が溜め息混じりにそう言ったかと思うと、掌で僕の目を塞ごうとした。

「なに？」

「これ以上俺を挑発するな」

びっくりして手を摑むと桐生はそんな意味のわからないことを言い、尚も目を塞ごうとした。

「挑発？」

無理矢理手を退《ど》けさせ、見上げた桐生の頬には微かだが朱が走っていた。

「桐生……」

もしかしてふざけていたわけじゃないのか、と気づいた僕の頬にも、かあっと血が上ってくる。

「馬鹿」

僕の手を振り解き、桐生は、ぺし、と僕の額を叩《たた》くと、再び僕の目をその手で覆ってきた。

「おやすみ」

「……おやすみ」

ひんやりした彼の掌の感触が、赤い顔を覆ってくれる。

お互い欲情を滾らせながら、近く身体を寄せている。不自然な、でもこの上ない幸福に満ちた時間をこうして共有している、そのことが嬉しい、と僕は目を覆う桐生の手に自分の手を重ね、そっと握り締めたのだった。

# 8

早朝に家を出る桐生を僕は駅まで送ると言ったのだけれど、桐生にはきっぱり断られてしまった。

「今日から出社なのに無理するな」

「無理じゃないよ」

大丈夫、と主張したが、桐生は決して首を縦に振らず、仕方なく僕はマンションのエントランスで彼を見送った。

さすがに人目があるから、とキスやハグは部屋の中ですませてきた。

が、桐生が、

「それじゃあな」

とエントランスを出ようとする、その背を見送るとやはり寂しさが募り、思わず呼び止めてしまう。

「桐生」

「ん？」

振り返った彼の背中にぶつかるようにして抱きつき、キスをねだる。

「いつもは『人目が人目が』とうるさいくせに」

意地悪を言いつつも桐生は唇に掠めるようなキスを落としてくれ、

「また連絡する」

という言葉を残して呼んでいたタクシーに乗り込んでいった。

いつもどおり――いや、いつも以上に桐生は別れに際し、淡白だったように思う。別れを惜しむ気持ちが薄いのか。それとも途中で放り出すことになってしまった仕事に気持ちがいっているのか。

そうだとしても彼を責めることなどできないが、と溜め息を漏らす自分の女々しさに、またも僕は自己嫌悪に陥った。

惜しんだところで、しばらく離れ離れになる事実は変えようがない。桐生はそう割り切っているのだろうし、僕だって割り切るべきじゃないか。

それをいつまでも愚図愚図と、何を悩んだり落ち込んだりしているんだか、と自分自身を叱咤《しった》しつつ、四日も休んで迷惑をかけてしまった分を少しでも挽回《ばんかい》するべく頑張るぞ、と気持ちを切り替えると、出社の準備のために部屋へと戻ったのだった。

始業にはまだ一時間半ほど間があったので、フロアにはきっと誰もいないだろうと思っていたのだが、そんな早い時刻であるというのに既に小山内部長は出社していた。

「おはようございます」

「長瀬君、大丈夫？　無理しなくていいんだよ？」

全治十日と聞いていたが、と心配して駆け寄ってきた部長に、

「大丈夫です」

と答えたあと僕はその場で深く頭を下げた。

「ご迷惑をおかけし、申し訳ありませんでした」

「君が謝る必要はまったくない。それより、ちょっといいかな？」

部長が僕の肩に手を置き、顔を上げさせると問いかけてくる。

「はい？」

なんだろう？　会議室へと導く部長のあとに続きながら僕は一人首を傾げていた。

まだ誰も出社していないが、フロアでは話せない内容なのか。今回の件の詳細をもう一度説明するよう求められるとか？

それともジュリアスと宗近専務の関係を口止めされるのかも。ああ、もしかしたら上層部

が僕に非があると判断を下し、降格処分になるのか？

さまざまな可能性が頭を過ぎる。

降格処分が一番ありそうだな、と自ら結論を下したあたりで僕は部長の開けてくれたドアから室内に入り、勧められた上座を断って下座についた。

「別にいいのに」

部長が苦笑し、上座につく。

「復帰早々、悪いね」

部長はにこやかに笑っていた。が、酷く気を遣っているようにも見える。

やはり降格か。しかし役職もついていない僕の降格ってどうなるんだろう？　降格なんて甘い話じゃなく、速攻解雇なんじゃないか？

そこまでは考えていなかった、と青ざめたのがわかったのか、小山内が慌てた声を出した。

「ああ、君にとって悪い話じゃないんだ。僕にとっては残念な話なんだが」

「え？」

意味がわからない。素《す》っ頓狂《とんきょう》ともいっていい声を上げてしまった僕は今度は慌てて口を押さえ部長に詫びた。

「すみません」

「ごめんよ。意味深なことを言って。率直に言おう、君に東京への辞令が出る」

「ええっ？」

驚きのあまり、またも大声を上げてしまった僕に小山内部長はにっこり笑って右手を差し伸べてきた。

「おめでとう——と立場上は言えないんだけどね。でも、もともと君の名古屋への発令はまあ、画策された結果だったし、こうして東京に戻れることになってよかったと、僕も心から喜んでいる」

「あの……どうしてでしょう？　もしかして部長が動いてくださったんですか？」

東京に戻れるのは勿論嬉しい。だが、今僕の感情は嬉しさの前段階のところで止まっていて、ぽかんとしてしまっていた。

何がなんだかわからない。それこそこれは夢だと言われたほうが納得がいく。それで問いかけた僕に部長は、

「そうしてあげたかったけど、今回は僕が働きかけるより前に上が動いてくれた」

力のない上司で申し訳ないと笑いながら事情を説明してくれた。

「今回、君が化学品本部の取引先同士のいざこざに——しかもあまりおおっぴらにはできないスキャンダラスないざこざに巻き込まれて怪我を負ったことに、会社は責任を感じてね。それで急遽《きゅうきょ》、東京本社に戻すと決まったんだよ」

「……口止め的な意味もあるんでしょうかね？」

触れまわるつもりはないけれど、と思いつつ問うと部長は、

「それはないよ」

と笑って首を横に振った。

「君がミスター・ラクロワにセクハラまがいの誘いを受けていたことは、化学品の宮田部長付が証言している。ハイヤー会社の曽我部《そがべ》という運転手も、君が相当迷惑していたと積極的に証言してくれたそうだ。勤務中それだけいやな思いをしていただけでも気の毒なのに、大問題になるのを避けるために自ら凶刃《きょうじん》の前に身を投げ出し、しかも会社が何を言うより前に事故だと警察に証言してくれた……君に対しては感謝の念は抱きこそすれ、マイナス評価はないよ。東京行きはいわば、褒美みたいなものだ」

あからさまにそうは言えないけれどね、と言う部長の言葉に嘘はなさそうだった。

「……でも、あの……後任は……?」

どうやら本当に東京に戻れるらしい。実感が胸に迫ると同時に喜びも湧き起こってきたが、姫宮課長が抜け、それに僕も抜けるのでは課として回らなくなるだろう。それを案じた僕に部長は、

「化学品が責任をとる形で一人回してくれることになったから大丈夫だ」

そう頷いてから、

「でもね」

と苦笑するように微笑んだ。

「個人的には残念だ。できれば君に名古屋での実績をあげさせてやりたかった」

「……僕も……残念です。部長や課のみんなともっとがっつり、仕事がしたかったですし、部長のおっしゃるとおり、何もお役に立てていませんから……」

東京に戻れるのは正直嬉しい。が、今の言葉にも嘘はまったくなかった。

「そう言ってもらえて嬉しいよ。君にとって名古屋は、酷い目に遭ってばかりの土地という印象になってもおかしくないのに」

君は性格がいいね、と言われ、そんなことはないと首を横に振る。

「確かに色々なことはありましたが、そんな、悪いことばかりではなかったですし」

「皆も寂しがると思う。僕も寂しいよ。でもまあ、同じ会社にいるんだ。また顔を合わせる日も来るだろう」

小山内部長はそう笑うと、最後に、と話をしめようとした。

「もといた部署に戻すのは難しい上に、こうも早いタイミングでの異動となると、よくない噂が立つ可能性もあるということで、異動先は内部監査部に決定した。入れ替わりの激しい部だから変なしがらみはないはずだよ。ただ、勉強することは多くなりそうだね」

「内部監査……ですか」

おそらく全社の人間が、その部名を聞くと胃を痛くするのではないかと思う。

配属先として、ではなく、内部監査を受ける身としてだが、まさか皆に胃痛を与えるような部署に自分が行くことになろうとは、とまたも僕はあまりの意外な展開に呆然《ぼうぜん》としてしまった。

「やりがいはあると思うし、君の今後にとっても必ずプラスになる異動だということは間違いない。おめでとう、長瀬君」

部長が立ち上がり、再び右手を伸ばしてくる。

「あ、ありがとうございます」

僕も立ち上がり、部長の右手を握り返した。

「発令は来月だが、すぐにも化学品から人が来る。引継をし、来月一日《いっぴ》には東京で出社してもらうよ」

「は、はい」

にっこり、と微笑み告げられた言葉に、そうも早いタイミングで、と戸惑いを覚える。

「今日の夕方、課会を召集してある。その場で皆には説明する予定だ」

さあ、席に戻ろうか、と部長に促され、僕は半ば放心した状態で、仕事に戻ったのだった。

仕事はありがたいことに、木場《きば》課長代理と愛田《あいだ》がほとんどこなしてくれていた。

次々と出社してきた皆は僕に、傷の具合を聞いたあと、

「で、何があった？」

と状況を聞きたがり、社内では本当に箝口令が敷かれているのだなあと改めて実感させられたのだった。

夕方開かれた課会で部長が僕の異動を発表した際、皆が僕との別れを惜しむような発言をしてくれたのが本当にありがたかった。

そのまま飲み会へという流れになりかけたが、僕がアルコールをまだ飲めないとわかると皆、会議室にこもったまま、部長を糾弾《きゅうだん》し始めた。

「どうして異動を止められなかったんですかあ」

さすがに木場課長代理や愛田は、酒が入っていないこともあり『糾弾』というほど激しい語調にはならなかったが、あらゆる意味でフリーダムな事務職、神谷《かみや》さんの追及は厳しかった。

「そりゃ、長瀬君にとっては東京に戻してやったほうが断然いいとは思いますよ。でもさあ、こんな短期間で異動させるくらいなら、最初から東京にいさせてやれって、どうしても思っちゃうじゃないですか」

「色々事情があるんだよ。神谷さん、察してよ」

「察したくなんてないです。だって酷いもん。そもそもなんだって長瀬君に化学品の仕事の手伝いなんてさせたんです？　その上、化学品の人は無事で長瀬君が大怪我って、どういうことです？　怪我するなら化学品の人でしょ？」

「乱暴なこと言わないで、神谷さん」

「何が乱暴ですかあ」

宥《なだ》めようとする部長に、彼女が食ってかかる。

「長瀬君に内示を出したときも、皆と別れるのが寂しいと言ってたよ。でもよく考えて、神谷さん。今回の異動は長瀬君の将来にとってはいいことだと思うよ。なかなか内部監査なんて体験できる部署じゃないし。僕らも笑顔で送り出してあげようよ」

部長の言葉に、愛田や木場課長代理は、うんうん、と頷いていたが、神谷さんはしぶとかった。

「なに、きれいにまとめようとしてるんですかーっ」

「してないって」

「してますよーっ」

最後は八つ当たりみたいになったが、それでも僕は彼女の気持ちが嬉しかった。

「お役に立てなくってほんと、すみませんでした」

改めて皆に詫びると、それぞれが本当に心のこもった言葉を返してくれ、僕は泣きそうになった。

「そんなことはない。俺たちが大人《おとな》げない態度をとったっていうのに、お前はそれを根に持たずに頑張ってくれた。本当に頭が下がった」

木場課長代理に続き、愛田が泣きそうな顔で口を開く。

「長瀬さんともっと、仕事したかったです。こんなことになるなんて、ほんと、ショックです」

「そうだよ。本当にショックだよ。長瀬君、これじゃ名古屋に、悪い思い出しかないよ」

最後にそう言ってくれた神谷さんの目には涙が滲んでいた。

「そんなことないですよ。神谷さんにも皆さんにも、受け入れてもらえて、ほんと、嬉しかったです」

紛《まが》うかたなき本心だったのに、神谷さんは、

「そんなこと言わなくていいよう」

そう言ったかと思うと、しくしくと声を殺して泣き出してしまった。

「神谷さん、飲んでないよね……？」

小山内部長がおそるおそる確認をとる。

「飲まなきゃやってられませんよ」

そう答えてはいたが、勿論、神谷さんは素面《しらふ》だった。

「長瀬君、こんなにいい子なのに、一つもいい思い出作ってあげられなかったのが、なんかつらくて……申し訳なくて……」

泣く神谷さんを小山内部長が「よしよし」と慰める。

「いい思い出、ありますよ。課の飲み会は全部楽しい思い出です。ゴルフだって一緒に行っ

たじゃないですか」

本当に楽しかった。神谷さんに思い出の一つ一つを告げるにつれ、僕の胸にも熱いものが込み上げてきて困ってしまう。

「ごめんね……ごめんね、長瀬君」

「謝らないでください。本当にお世話になりました。名古屋は本当にいい思い出しかないですよ?」

これもまた、僕の本心だった。が、僕がそう言った途端、神谷さんばかりか愛田も泣き出したのに、僕はぎょっとした上で途方に暮れてしまったのだった。

「長瀬さん、僕もきっと……きっと東京行きますからっ」

「長瀬君、やっぱ、すごくいい子。もっと悪い子でいいんだよう……っ」

「ええと……」

もうどうしたらいいかわからない。困り切った僕を救ってくれたのは小山内部長だった。

「いい子の長瀬君だからこそ、本社の内部監査への異動が決まったんだ。皆、笑顔で送り出してあげようじゃないか」

「またいい話にしようとしてーっ」

「してないって言ってるのに」

神谷さんを部長が宥め、

「東京で会いましょう、長瀬さん」

「東京つらくなったら、いつでも戻って来い」

愛田と木場課長代理もそう声をかけてくれる。

「あ、ありがとうございます」

礼を言うことしかできない。もどかしさを覚えつつも言葉を失っていた僕を、部長がフォローしてくれた。

「そういうわけだから。皆、長瀬君の今後を応援しようね」

「するさ」

「しますとも」

「するに決まってるじゃないーっ」

力強い皆の相槌に、ますます胸が熱くなる。

「ありがとうございます」

胸に溢れる感謝の念が正しく伝わっていますように。

心からの祈りはどうやら通じたらしく、それぞれと握手するその手から僕は、温かすぎるほどに温かな思いを感じ取ることができたのだった。

東京に戻れることを僕は、早朝に部長から聞いた時点で桐生にはメールしていた。

が、彼から返信があったのは、翌日になってからだった。

『よかったな。マンションの解約日など、詳細がわかったら教えてくれ』

時差や移動時間のタイムラグを考えても、リアクションが遅い気がする上、彼のメールの文面からは僕が感じているのと同等の——否、少しの喜びも読み取ることができず、僕は少なからず落ち込んでしまった。

もっと喜んでくれるかと思ったのに——突然決まった帰京に複雑な思いはあれど、僕は再び桐生と毎日寝食を共にできるようになることを心の底から喜んでいた。

でも桐生にとってはそうではなかったようだ。その事実に僕は正直、打ちのめされてしまっていた。

思うまいと思ってもどうしても、頭に浮かんでしまう。

もしかして、僕が思うほどに桐生は、僕を必要としていない——？

口にすると胸に差し込むような痛みが走るので、あえて呟かずにいた。が、事実としてはそれが正しいんだろう。

それを認めるのがいやで僕は必死に『現実』から目を背けていたが、それがいかに無駄なあがきであるかは自分が一番よくわかっていた。

冷静に考えれば、桐生にとって自分がかけがえのない存在であるとはとても思えない。そうなりたいとは切望しているが、まだまだ僕と彼はとても対等とはいえない存在だった。

落ち込んでいる場合じゃない。桐生に釣り合うよう——そして桐生に自分と同等であると認めてもらえるよう、努力を積まねば。こうして落ち込むこと自体が、一歩後退といえる行為だ。

しっかりしろ、と自分を鼓舞しようと試みる。あまり上手くはいかなかったが、前向きに前向きに、と無理矢理自分を奮い立たせた。

僕ほどではないにしても、桐生だって喜んでくれているはずだ。何より毎週末に東京名古屋間を互いに行き来する必要がなくなったのは、身体的にも、金銭的にも——桐生にとっては微々たる金額なんだろうが——負担が減る。

それだけが『嬉しい』理由だとしたら多少は傷つくが——と、またネガティブな思考に陥りそうになるのを、よせ、と自分を叱咤して留まったものの、唇から溜め息は漏れてしまった。

こんなことで落ち込む自分が情けなく、気持ちをできるかぎり前向きに切り替えて桐生のメールに返信する。

『一日の発令とほぼ同時に着任するようにと言われているので、東京には来月早々に戻れると思う。また築地《つきじ》のマンションで桐生と一緒に生活できるのが本当に嬉しいよ』

楽しみにしている、と最後に書き足しメールを打つ。と、今度はすぐ、桐生はメールを返してくれた。

「……え……？」

メールを開いて愕然《がくぜん》とする。そこに書いてあった文章は――。

『悪いが事情が変わった。状況が読めないので入寮の手続きは取っておいてくれ』


どうして――？

思いもかけない拒絶に、頭の中が真っ白になる。気づいたときには僕は座っていたリビングのソファから床に崩れ落ちていた。

衝撃で、ずき、と下腹の傷が痛む。自然と庇うように手を当ててしまったが、その手は自分でもびっくりするくらいにぶるぶると震えていた。

何がなんだかわからない。なぜ、桐生は僕に寮に入れなんて言うんだろう。もう一緒に暮らすつもりはないということか？　どうして？　理由は一体なんだ？

ついこの間、アメリカ出張の合間を縫って会いに来てくれたというのに。それだけじゃない。僕の怪我を心配し、無理をして休暇まで取ってくれたというのに。

その動機を僕は、僕への思いやりだと――愛情だと思っていたが、違ったのだろうか？

それとも、そのときは確かに『愛情』だったものが、今や失せてしまったと――？

「そんな……馬鹿な……」

呟く声までが酷く震えてしまっていた。

あり得ない。そう思いたいのに、もしかしたら、という暗い考えが次々頭に浮かぶ。

せっかく僕を思いやり休みを取ってくれたというのに、一日も早く復帰しろ、と言う僕に愛想を尽かしたのか？

コップの水が一杯になるように、少しずつ溜《た》まっていった僕への不満が、今回で満杯になってしまったというのだろうか。

思い返すと、昨日の別れは普段より随分と淡白だったようにも思えてくる。頭の中が何か他の考えでいっぱいのような、そんな印象もあった。

てっきり仕事のことを考えているのかと思ったが、実は僕とはもう、やっていかれないと考えていたのか？

それをどう伝えるか、シミュレーションしていた――とか？

「……ない。絶対にない」

言い切ることで僕は、それを事実にしようとした。だがいくら言霊《ことだま》を望んだところで、裏切られるケースはあるということもまた僕は当然知っていた。

桐生――スマートフォンに伸びた手が、時刻を見て止まる。

ニューヨークとの時差は十四時間。今、向こうは夕刻だ。きっと桐生は忙しくしているに

違いない。

今さっき、メールがきたばかりだという『事実』を僕は無意識のうちに、頭の隅へと敢《あ》えて追いやっていたようだ。

電話をかけるのが怖い。桐生の本心を、今、知ることが怖くて堪らない。

「……桐生……」

手の震えは今や、全身の震えへと変じている。寒くもない部屋の中でがたがたと震えながら僕は、これが夢でありますようにという現実逃避でしかない願いに必死にしがみついていた。

# 恋の予感

「知ってるか？　九条《くじょう》准教授ってゲイなんだってさ」

学食で三井《みつい》がそう切り出したとき、その場にいた五、六人のサークル仲間たちが一気に話題に飛びついた。

「うっそー。ショック。密かに狙ってたのに」

美人の誉れ高い加藤《かとう》が、言葉どおり、心の底からショックを受けている様子でそう嘆くのを、

「『露《あら》わに』だろ」

と、このメンバーでは俺と一番仲のいい沢田《さわだ》が突っ込む。沢田が実は加藤狙いで、九条に対して積極的にアプローチをかます彼女の態度を常々面白くなく感じていることを、俺はよく知っていた。

「ガセじゃないの？　九条先生、大病院の息子じゃない。ナースが色目使ってくるのを避けるためにそういうことにしてる、とか」

加藤はどうしても信じたくないようで、話題を振った三井にそう縋《すが》っている。

「それ目的なら『婚約者がいる』とか、言うんじゃないか？」

意地悪く沢田がまた突っ込むのを、加藤が「うるさい」と撃退し、今度は一人口を開かずにいた俺に望みを託してきた。

「長瀬《ながせ》君はどう思う？　九条先生、ゲイには見えないわよねえ？」

「さー？」

ゲイの話題ははっきりいって避けたい。それで敢えて会話には加わらず、話が終わるのを待っていたのだ。

俺は加藤に、その話には興味のかけらもないということをはっきり知らしめようと、愛想のない相槌《あいづち》を打ったのだが、よほどショックを受けているのか彼女は何を言ったわけでもない俺に対しても、

「意地悪」

と言い捨てたかと思うと、やにわに立ち上がった。

「もういい。確かめてくる！」

そう言って学食を駆けだしていく彼女のあとを沢田が、

「おい、待てよ」

と慌てて追いかける。

「わかりやす」

あはは、とそれを見て笑っている三井はもしや、二人をからかうためにあんな話題を出したのか、と確かめたくなった。

「もしかして今の話、嘘《うそ》かよ？」

「いや？　マジ」

三井は俺にも笑ってそう告げたあと、声を潜め話を続けた。

「ゲイバーで会った学生がいるんだってさ。その『ゲイバー』がなんていうのか、ホンモノしか行かない店だそうで」

「その学生も『ホンモノ』ってことか」

「そういうことだろうな」

頷《うなず》いた三井が、興味深そうに俺の顔を覗き込んできた。

「なんだよ」

「いや、長瀬、この手の話題嫌いだったからさ。食いつくなんて珍しいなと思って」

「好きじゃないけど、さすがに興味あるだろ」

ゲイの話題が好きじゃないことは敢えて口にしたことがなかったというのに、この三井という男、やたらと鋭いところがあるためどうやら気づいていたようだ。

そのことに驚きつつも、確かに得意な話題ではないのでこのあたりで話を変えようとしたが、三井は強引に話題を引っ張った。

「まあな。大学病院で一番といっていいほどのイケメン。そして若い。そして独身。そして大病院の息子。そんな超がつくほどスペシャルな男がゲイっていうのは面白いよな」

「…………まあね」

同じように『超がつくほどスペシャル』――三井は鋭くはあるがボキャブラリーは貧困だ――ではあるが、実はゲイ、という男を俺はもう一人知っている。

それだけに驚きはない。ゲイの話題はその男のことを思い出すので嫌いなのだ。

「長瀬、結構、九条准教授には気に入られてないか？」

三井がにやにや笑いながら揶揄《やゆ》してくるのに、

「お前だってお気に入りだろ」

と返してやる。

「ないない」

笑う三井に、

「それじゃ、行くわ」

と声をかけ俺は立ち上がった。これ以上、ゲイの噂話をする気はなかったためだ。

「なんだよ、次、講義だろ？」

三井の声を背に学食を出、次の授業はさぼることにして大学の構内を突っ切っていく。

もとより俺は『穏和』とはかけはなれた性格をしてはいるが、最近は殊にちょっとしたことにいらつくようになっていた。

理由はよくわかっている。兄貴が——秀一《しゅういち》が名古屋勤務になり、滅多に会えなくなったからだ。

俺がゲイの話題を避けたいのもまた、秀一のせいだった。何を隠そう、秀一もまたゲイなのだ。

自分の兄がゲイだと知ったとき、ショックを覚えなかったといえば嘘になる。嫌悪感があったかと問われたら、それはない、と答えるだろうが、とにかく、ひたすらびっくりした。

秀一のパートナー――とでもいうのだろうか、ゲイのカップルの場合は――が、先ほど話題に出た九条准教授同様、超がつくほどスペシャルな男で、そのことには正直、めちゃめちゃ反発を覚えた。

秀一が女だったら、玉の輿じゃん、と祝福してあげられたかもしれない。いや、姉だったとしても多分、嫉妬はしたような気もする。

そう、反発は嫉妬だった。俺も自分に自信がないわけじゃないが、さすがに『超がつくほどスペシャル』というところまでの自信は持てない。

能力的にもビジュアルでも勝てないのが悔しい。それで俺は秀一とそいつの愛の巣にちょくちょく二人の仲を邪魔しに行っていたのだが、秀一が名古屋に転勤になったあとにはそれもできなくなった。

邪魔をするという名目で、要は秀一に会いたくて訪れていたのだ。そう自覚しはしたが、名古屋はなかなか遠く、大学の授業も結構詰まっているので未だ訪問できずにいる。

きっとあいつは頻繁に行っていやがるんだろうな、と思うとそれもむかつくな、と舌打ちする俺の脳裏にはそのとき、そいつの――桐生《きりゅう》の顔が浮かんでいた。

あれだけのイケメン、俳優やモデルにだってそうそういない。しかも頭もよくてスポーツも万能、仕事もできるだなんて、あり得ないだろう。

ああ、むかつく。憤《いきどお》るままに道を突っ切ろうとしたそのとき、

「危ないよ」

不意に後ろから腕を摑《つか》まれ、はっとして足を止めた。

びゅん、と凄い勢いで目の前を車が走りすぎる。確かにあのまま歩いていたらひかれていたかも、と振り返り礼を言おうとした俺は、未だに腕を摑んだままで微笑みかけてきた男の顔を見て思わず、

「あ」

と声を上げていた。というのも、俺を交通事故の憂き目から救ってくれたその人物が、今の今までの噂の主――九条准教授だったからだ。

にっこり、と華麗としかいいようのない笑みを浮かべる准教授を見やる俺の脳裏に、彼がゲイだという噂話が浮かぶ。

「……すみません。ありがとうございます」

ゲイか。思わずとられた腕を見やってしまっていた俺の視線に気づいたのか、准教授が手を離した。

「君、長瀬君だっけ？」

「あ、はい」

返事をし、よく名前を覚えていたなと驚いて顔を見る。

「去年、講義をとっていたじゃない」

准教授はそう微笑むと「それじゃね」と会釈をし歩き出そうとした。

「あの」

呼び止めてしまった自分の心理はよくわからなかった。

「ん？」

准教授が足を止めて振り返る。

『先生はゲイなんですか？』

聞いてどうする、としかいいようがない内容の上、聞きづらいことこの上ない。

「あ、なんでもないです」

それで、ありがとうございました、と頭を下げ、立ち去ろうとしたのだが、今度は俺が呼び止められた。

「長瀬君、このあと暇ならお茶でもどう？」

「え？」

思わぬ誘いに驚いたものの、断る理由もないので承知することにした。

「いいですよ」

今まで准教授とサシで話したことは一度もない。なぜ彼がこのタイミングで俺を誘ってきたか、不思議ではあった。

ゲイの噂が出回っていることを確認したいのかもしれない。それならそれで好都合、と誘いに乗った理由付けをしながら、実際のところはやはり、准教授がゲイであるかどうかを確かめたいというのが真の動機だなという自覚も持っていた。

「それじゃ、行こうか」

准教授が先に立って歩き出す。なんとなく、後悔しそうな気もするが、と思いながらも俺はあとに続いたのだが、准教授がいきなりタクシーを停めたことに驚き、

「あの？」

と乗り込もうとするその背に問いかけた。

「乗って」

にこ、と、微笑んだ彼が手を伸ばし、俺の腕を摑んで強引に乗り込ませる。

意外に強い力にぎょっとした。が、腕力には多少の自信があったために、腕を振り解《ほど》いてタクシーを降りることはしなかった。

「距離はそうないんだが、歩くとちょっと遠いんだ」

俺にそう笑いかけたあとに准教授は運転手に行き先を指示し、確かに大学からはあまり遠くない住所を告げた。

「あの、お茶をするんですよね？」

一応確認、と問いかけると、准教授はさも当然のように「ああ」と頷く。

「これから行く店は僕の行きつけでね。コーヒーが美味《おい》しい上、客がまったく来ない」

「矛盾してませんか」

コーヒーが美味しいのなら流行《はや》りそうなものだが、と首を傾《かし》げた俺に、准教授が「まあね」と苦笑する。

「行けばわかる。君にも気に入ってもらえると思うよ」

そう言ったきり准教授は俺とは反対の車窓から景色を眺めだしたので、会話はここで終わりとなった。

それから約五分後に俺と准教授はタクシーを降り、どう見ても人の家、という建物の前に立った。

「……喫茶店……ですか？」

ここが、と懐疑的な声を上げた俺に答えることなく、准教授がドアノブを摑む。

ドアを開くとそこには玄関ではなく店舗があった。

「いらっしゃい」

カウンターの中から渋い髭《ひげ》のマスターが声をかけてくる。

イケメンだな、と思った次の瞬間、もしかして准教授の彼氏だったりして、と閃《ひらめ》いた。

「喫茶店だったでしょう?」

准教授がにっこりと微笑み、俺の顔を覗き込む。

「家に連れ込まれたとでも思ったんじゃないか?」

と、髭のイケメンマスターがいたずらっぽく笑いながらそう声をかけてきた。

「そうかも」

准教授が明るく笑い、テーブル席へと向かっていく。

「カウンターにしてくれ。サーブが面倒だ」

「彼とはつもる話があるからダメだ」

マスターとのやりとりから、相当親しい間柄だとわかる。

やはり彼氏か? 確かめたいが直接聞くわけにもいかない。

と、思わぬところから回答を得られそうなチャンスがきた。

「なんだ、九条の新しい彼氏?」

にや、と笑いながらマスターが問いかけてきたのだ。

「違うよ。学生さ」

さらりと答える准教授に対し、俺も戸惑っていたがマスターは更に戸惑ったようで、慌てて俺に声をかけてきた。

「学生さん? えっと、君、今のは冗談だよ?」

「あはは、マスター、わざとらしいフォローありがとう」

屈託なく笑う准教授の心理がわからず思わず顔を凝視する。

「あれ？　大学じゃあ、隠してるんじゃないの？」

戸惑った声を上げたマスターには答えることなく准教授は、

「バレちゃったんだよね」

と俺に笑いかけてきた。

「………」

どう答えていいかわからず黙り込む。

「バレたんだ」

俺の代わりにマスターが同情的な視線を向け、いたわりの言葉を口にした。

「大丈夫なのか？」

「ゲイだからってクビにはならないと思う。多分ね」

「クビにされたらデモでもやろうか」

「あはは、そのときは頼むよ」

軽口の応酬のあとに准教授はマスターに、

「僕はブレンド」

とオーダーを告げた。

「君はどうする？　個人的にはブレンドがおすすめだよ」

そう笑いかけられてはそれ以外の品を注文するのもはばかられ、

「あ、同じで」

と注文する。

「調教してんじゃない。やっぱり彼氏？」

すでにゲイばれしていることを明かしたからか、マスターは遠慮なくそう准教授を揶揄してきた。

「違うって」

准教授が苦笑し、俺に視線を戻す。

「ごめんね」

「いや、そんな」

どう答えていいかわからない。俺が噂話を聞いたこと前提で話題を振ってきているが、違うという可能性を考えないんだろうか。

もしや相当自棄《やけ》になっているんだったりして。それなら一連の行動もわからないではないけれど、と思いながらも自分からは何も切り出すことができず、所在なく俺は黙り込んだ。

沈黙が二人の間に流れる。

「それにしてもなんでバレたの」

カウンター内でコーヒーを淹《い》れる準備をしながら、マスターが准教授に問いかける。

「ハッテン場にいるのを目撃されたのさ」

「へえ。仁義のない相手だねえ。お互い様だっていうのに。そういうときには見て見ぬ振りをするんじゃないの？」

「まあ、そうあってほしかったけれどね」

苦笑する准教授にマスターが、

「ついてなかったねえ」

とますます同情的な声をかけた。

「僕としてはバレてもよかったんだけどね」

本当のことだし、と准教授が肩を竦《すく》める。

「でも出世に響くんじゃないの？」

「もともと出世する気もないし」

「財前《ざいぜん》教授の回診でーす、みたいなの、憧れない？」

「田宮二郎《たみやじろう》か」

「リメイクもされたよな。唐沢君《からさわ》だったっけ」

「唐沢『君』って、友達でもないくせに」

和気藹々《わきあいあい》と会話を続ける准教授に、後ろめたさを感じている雰囲気はまるでない。

ゲイだからといって後ろめたく感じる必要は勿論ない。とはいえ、こうもあけすけに語られると、どうリアクションをとっていいのかわからない。

俺相手に話しているわけじゃないので、スルーでいいのかなと思い黙り込むと、すかさず准教授が話しかけてきた。

「長瀬君は知ってたの？」

「え？」

何を、と問いかけようとし、もしやゲイであることか、と気づいて返答に困る。

「いや、さっき聞いたばかりです」

「田宮二郎のは知らないよね」

困りに困ってひねりだした答えと、准教授の問いが重なって響く。

「ああ、そっちですか」

「なんだ、やっぱり知ってたんだ」

慌ててフォローを入れようとした声と、悟った准教授の声もまた同時に響き、なんとも居心地の悪い状態に俺は陥ってしまった。

「で？　ゲイばれして自棄になった准教授が、好みの学生をウチに連れ込んだ、と」

薫り高いコーヒーを盆に乗せ、マスターがテーブルに近づいてくる。

「否定はしないが肯定もしないよ」

あはは、と准教授が笑って俺へと視線を向けた。

「………あの………」

嫌悪感を抱いた――というわけではない。どちらかというと吹っ切れた彼の様子には安堵に似た思いも感じていた。

だが正直、なぜ自分がここに連れてこられたのか、その理由は気になり、聞きづらいながらも問うてみることにした。

「どうして今日、誘ってくださったんです？」

「君がゲイ嫌いだと聞いたから」

即答されたことだけでも驚いたのに、内容には更に驚き、俺は思わず、

「はい？」

と大きな声を上げていた。

「ゲイ嫌いなの？」

俺の前にコーヒーをサーブしながらマスターが問いかけてくる。

「どうして？　ゲイに迫られたことがあるとか？　わからないでもないな。君、男にも女にもモテそうだし」

「ちょっかいかけるのはよしなさい。ますますゲイ嫌いになっちゃうよ」

准教授が苦笑しつつ、コーヒーを受け取る。

「ちょっと二人で話がしたいんだけど」

その場に居座ろうとするマスターを追い払うと准教授は、改めて俺を正面から見据え問いかけてきた。

「ゲイが嫌いなの？」

「嫌いというわけではないです。これでも一応、思想的にはリベラルなつもりなので」

そう。嫌いではない。身内にいることに戸惑っているだけで、と心の中で呟《つぶや》いた、その声が聞こえたわけでもないだろうに准教授が問いかけてくる。

「嫌いではない――が、理解はできないと？」

「いや、理解できないわけでもないです。ただ……」

理解はしている。が、受け入れられない。ゲイだから受け入れられないというよりは、秀一が桐生のものになることが受け入れられないだけなのだ。

恋人が女性だったら多分、こんな感情は生まれなかったに違いない。となると俺はゲイを差別しているということになるんだろうか。

男だろうが女だろうが、人を好きになるという気持ちに変わりはない。実際俺はそう思っていた。

そう、その相手がたとえ血のつながった兄だとしても――。

「……っ」

いつしか頭に浮かんでいたその言葉に、はっと我に返る。

今、俺は何を考えていた？　動揺していた俺は、准教授に、

「ただ？　なに？」

と問われ、会話の途中だったと思い出した。

「すみません。嫌悪感はありません。ただ、自分は違うな、と思うだけです」

自分の答えがやけに嘘くさく聞こえるのは多分、気のせいではなかった。

「そう」

准教授がにっこり笑い、相槌を打つ。

「気を悪くされたらすみません」

自分は違うというだけで、ゲイであるあなたを否定しているわけではない。そう思ったがゆえの言葉だったが、カウンター内に戻らず結局居座っていたマスターに横から突っ込まれ、そういう解釈もあったかと思い知った。

「本気で口説いてるとでも思ったのかな？　可愛いね、彼」

「あ、いや、別に」

そういうつもりはなかった。そこまで自惚《うぬぼ》れてはいないと慌てて言い訳をしようとした俺の前で、准教授が肩を竦めてみせる。

「本気で口説いていたんだよ。マスター」

「…………」

冗談にしか聞こえない、と呆れて准教授を見ると、准教授は何を思ったか、パチ、とウインクをして寄越した。

「……っ」

その瞬間、どき、と鼓動が高鳴り、そんな自分にぎょっとする。

「君は気づいていないだけだと思うんだけどな」

ぎょっとしたあまり俯《うつむ》いた俺の耳に、笑いを含んだ准教授の声が響いた。

それはない。もう気づいている。心の中で呟く俺の脳裏に浮かんでいたその顔は――。

気づいてはいても認める勇気はなく、頭を振って幻のその顔を――懐かしくてたまらぬ兄の顔を頭の中から消そうとする。

「悩みがあるなら聞こう。下心なしでね」

まるで心の中を見透かされているとしか思えない言葉を告げる准教授の意図がどこにあるのか、俺のほうでは彼の心を読むことができず、どう答えていいのかわからない。

「ありがとうございます」

だが一応、礼は言っておこうと頭を下げると、准教授はひどく楽しそうな笑い声をあげた。

「不本意そうだねえ」

「どうでもいいけど吹っ切れすぎじゃあ？　やっぱりゲイばれ、ショックだったんだ？」

マスターの言葉で初めて、そういうことか、と俺は察し、准教授を見た。

「吹っ切れはしたが、ショックではないかな」

准教授が俺の視線を受け止め、真《ま》っ直《す》ぐに見返してくる。

「ゲイばれしたおかげで、学内の人間にもこうしてアプローチができるようになった。そういった意味ではバレてよかったと言えるかも」

「……それは……」

どういう意味か、と問いかけようとし、またマスターに『本気にして』と揶揄されるに違いないと気づいて俺は口を閉ざした。

多分准教授は、どこかで俺がゲイ嫌いであるという噂を聞き、軽い嫌がらせのためにかかってきたのだ。もしかしたら学食での会話を聞かれていたのかもしれない。声をかけてきたのもタイミング的にちょうどいいから、それが正解、という気もする。

「あからさまだねえ」

思ったとおり、揶揄してきたマスターに准教授が「まあね」と笑う。

「かなわぬ恋に身を焼いている。そんな男が好みだからね」

「……っ」

にこ、と微笑みながら告げられた言葉に、思わず俺は絶句した。

「意味深な発言だこと」

マスターもまた、にっこり、と笑い、

「ごゆっくり」

という言葉を残してカウンターの中へと去っていく。

「ああ、コーヒーが冷めるよ」

今までの会話などなかったかのように、准教授が俺に声をかけてくる。

「あ、はい」

反射的に口をつけたものの、准教授が気に入っているというその味を楽しむ余裕はまるでなかった。

やっぱりこの男は苦手だ——ゲイだというマイノリティに属していることを少しも気にすることなく、絶対的な自信を持って相手に接している。

しかも人の心の機微をこれでもかというほどに読みやがる。物腰が柔らかい分、印象は異なるものの、中身はまるで誰かみたいだ、とその『誰か』の顔を思い出し、憤りを覚えていた俺の心中をまた読んだのか、准教授が楽しげに問いかけてくる。

「悩みを打ち明けたくなったらいつでも連絡してくるといい。僕はきっといい相談相手になれると思うよ」

「………ありがとうございます」

誰が打ち明けるかと思いながらも、一応頭は下げる。

この先、なんだか面倒な状況に陥りそうだという嫌な予感を抱きながら俺は、にっこりと、さもすべてわかっているよと言いたげに微笑む准教授の前で、最早冷めてしまって苦みしか感じないコーヒーを、苦々しい気持ちと共に一気に飲み干したのだった。

# あとがき

はじめまして&こんにちは。愁堂れなです。

この度は四十三冊目のルチル文庫、そしてシリーズ十冊目となりました『sonatina・小奏鳴曲』をお手に取ってくださり、本当にどうもありがとうございました。

unisonシリーズも皆様のおかげでめでたく十冊目を迎えることができました。

デビュー前、友達の「ずっと鬼畜で最後は甘々なお話が読みたい」という一言から始まったシリーズでしたが、こんなにも長く書き続けていられることを本当に嬉しく思っています。

これも応援してくださる皆様のおかげです。どうもありがとうございます！

桐生は既に鬼畜の面影もありませんが（笑）、このシリーズは自分でもとても楽しみながら書いているので、皆様にも少しでも楽しんでいただいているといいなとお祈りしています。

イラストの水名瀬雅良先生、今回も本当に！　本当に素敵な二人をどうもありがとうございました!!

超美形だけど超性格の悪い（笑）ジュリアスと、やっぱり性格はあまりよろしくないけど可哀想な美青年宗近専務の麗しい二人にもとても感激しています。

お忙しい中、本作でもたくさんの幸せを本当にありがとうございました。次作でもどうぞ宜しくお願い申し上げます。

また、今回もタイトルをはじめ、大変お世話になりました担当O様をはじめ、本書発行に携わってくださいましたすべての皆様に、この場をお借り致しまして心より御礼申し上げます。

最後に何より、この本をお手に取ってくださいました皆様に御礼申し上げます。

十冊目のunisonシリーズ、いかがでしたでしょうか。ご感想をお聞かせいただけると嬉しいです。どうぞ宜しくお願い申し上げます。

本篇をあそこで『続く』にしたかったため、少しページが余ったので、長瀬弟、浩二が主役の話を書き下ろしました。

生意気な弟に忍び寄る黒い影……ではないですが（笑）、こちらも少しでも気に入っていただけるといいなと祈ってます。

果たして桐生の意図はどこにあるのか、シリーズ次回作は来年になりますが、よろしかったらまたどうぞお手に取ってみてくださいね。

次のルチル文庫様でのお仕事は、六月に『たくらみシリーズ』新作を発行していただける予定です。

いよいよ第二部開始となります。また櫻内組長と高沢を書くことができて、とても嬉しいです。

リクエストくださいました皆様、本当にどうもありがとうございました。こちらもよろしかったらどうぞお手に取ってみてくださいね。
また皆様にお目にかかれますことを、切にお祈りしています。

平成二十五年三月吉日

愁堂れな

（公式サイト『シャインズ』http://www.r-shuhdoh.com/）

✦初出　sonatina 小奏鳴曲……………書き下ろし
恋の予感　…………………………書き下ろし

愁堂れな先生、水名瀬雅良先生へのお便り、本作品に関するご意見、ご感想などは
〒151-0051 東京都渋谷区千駄ヶ谷 4-9-7
幻冬舎コミックス　ルチル文庫「sonatina 小奏鳴曲」係まで。

幻冬舎ルチル文庫

sonatina 小奏鳴曲

2013年4月20日　第1刷発行

| | |
|---|---|
| ✦著者 | 愁堂れな　しゅうどう れな |
| ✦発行人 | 伊藤嘉彦 |
| ✦発行元 | 株式会社 幻冬舎コミックス<br>〒151-0051 東京都渋谷区千駄ヶ谷 4-9-7<br>電話 03(5411)6431［編集］ |
| ✦発売元 | 株式会社 幻冬舎<br>〒151-0051 東京都渋谷区千駄ヶ谷 4-9-7<br>電話 03(5411)6222［営業］<br>振替 00120-8-767643 |
| ✦印刷・製本所 | 中央精版印刷株式会社 |

✦検印廃止


ISBN978-4-344-82816-2　C0193　Printed in Japan